生活因阅读而精彩

生活因阅读而精彩

夏日山间

My First Summer in the Sierra

世界上最静心的地方

〔美〕约翰·缪尔◎著
禾尖◎译

中国华侨出版社

图书在版编目(CIP)数据

夏日山间：世界上最静心的地方 / (美)缪尔著；禾尖译.
—北京：中国华侨出版社，2014.8 （2021.4重印）

ISBN 978-7-5113-4820-3

Ⅰ.①夏… Ⅱ.①缪… ②禾… Ⅲ.①散文集-美国-近代
Ⅳ.①I712.64

中国版本图书馆 CIP 数据核字(2014)第175957 号

夏日山间：世界上最静心的地方

著　　者 / [美]约翰·缪尔(John Muir)

译　　者 / 禾　尖

责任编辑 / 月　阳

责任校对 / 孙　丽

经　　销 / 新华书店

开　　本 / 787 毫米×1092 毫米　1/16　印张/16　字数/179 千字

印　　刷 / 三河市嵩川印刷有限公司

版　　次 / 2014年9月第1版　2021年4月第2次印刷

书　　号 / ISBN 978-7-5113-4820-3

定　　价 / 45.00 元

中国华侨出版社　北京市朝阳区静安里 26 号通成达大厦 3 层　邮编：100028

法律顾问：陈鹰律师事务所

编辑部：(010)64443056　　64443979

发行部：(010)64443051　　传真：(010)64439708

网址：www.oveaschin.com

E-mail：oveaschin@sina.com

序

　　大自然是最为美丽、最为纯真的世界，它处处都有仿佛上帝创造的一切美感，让很多崇尚自然的人们为此而倾倒，而本书的作者约翰·缪尔就是其中之一。

　　作为19世纪末20世纪初最为知名的自然主义作家、现代环保运动的发起人，缪尔常常用自己极其富有感染力的文字来表达自己对大自然所有一切的热爱，读他的文字，字里行间都透露出了他对大自然各种美所饱含的深情，他生动地描绘了自然中的种种事物，包括动物、植物甚至是毫无生命的岩石。在这其中，人和自然的和谐关系是缪尔最为关注的，他把自己对和谐美好追求的情感注入了自己的文字，感染了一代代热爱自然的读者。

　　在这本书中，这个"美国国家公园之父"用最自然流畅的文字书写了盛夏时节内华达山区的景象。一路从低海拔到高海拔，有高山，有草场，有林带，有灌木丛，有溪流，有湖泊，有盆地，有积雪的山峰，还有流淌着的河流，还有大自然的天空和星辰，这些组成的画面引人入胜。读者阅读的时候也仿佛同作者一起做了一次内华达山区的远行，感受到了最为和谐、最为纯净的大自然景致。在这些地方，缪尔的笔触非常细腻，他几乎触及到了每一种生活在这里的物种的基本特征，还有每一种地貌形成的历史的探究也十分详尽，读者在享受文字上的美景之外，还可以掌握很多地质学、生物学方面的常识，对于内华达山区的自然生态和谐的理解更有帮助。

人也是自然环境当中不可或缺的组成部分，缪尔对人类和自然的关系描写隐藏在了他对大自然的歌颂和赞美的背后。尽管不那么明显，但还是可以从中看出他对人和自然关系的期望。人和其他的生物一样，也在大自然的眷顾下生活着，因此在缪尔看来，人类也应该和其他的动物、植物一样，也去享受与自然之间的和谐共处的关系。人类绝不能无止境地去践踏和破坏自然，一切只为了获得经济利益而无视身边存在的自然美景。缪尔在文中对那些对自然美景毫无感情的人们表达了自己的不解，他期望人们不总是盯着眼前利益，而是能更多地去理解自然所蕴含的真正魅力。

缪尔的作品充满着自然美文的气息，也可以称得上是这方面的典范。美国前总统罗斯福曾经非常推崇缪尔的作品，而且他的这一部作品也在很长一段时间内影响了美国政府对经济和社会的掌控方向。他在其中化身为约翰，带领着人们徜徉在高山流水和溪流操场之间，去积极地寻找与灵魂、宇宙、天堂相通的道路，感受上帝创造的大自然中神秘的教谕。

本书在翻译原著的过程中，参考了其他的众多译本，力图更为准确地表达作者想要表达的原意，如有不妥之处，请读者批评指正。

目 | 录
CONTENTS

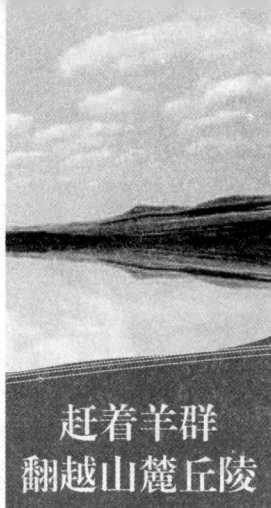

赶着羊群翻越山麓丘陵

　　中央谷地区（Central Valley）是加利福尼亚一片广袤的地区，在那里永远只有春天和夏天两个季节。春天开始的标志是每年11月下的第一场暴风雨。此后的几个月间，中央谷里的各种植被都开始绽放自己的生命，无论是郁郁葱葱的绿色还是五颜六色的花儿争艳。通常到了5月底，夏天到来，植被和花儿都被那炎热的温度烤得了无生气，它们干燥泛黄，如同是在烤箱中烤了一遭。

　　也就在此时，人们把在高温炙烤下懒散萎靡，甚至是气喘吁吁的羊群、牛群也都赶进了气温更为宜人、植被更为郁郁葱葱的内华达山区（Sierra）高山牧场。此时的我也极度渴望可以去那个地方，只不过我没有足够的钱，很难想象囊中羞涩的我如何度过这艰难的日子。流浪者每天都在思考自己的生计问题，这也是最让人心烦的问题。这时的我便是如此，我苦思冥想希望能解决自己的吃喝问题，还曾经努力思考自己是否能用野生动物的生活方式维持生计，譬如我可以收集一些种子和浆果来维持自己的营养摄取；再或者我可以不再为钱财和其他行李所负累，自由自在地到处闲逛和攀缘。德莱尼先生突然在此时来访，他是一名放牧羊群的牧场主，过去我曾在他的牧场打过几星期的工。那时候我和他的牧羊人受雇于他，要把羊群赶到默塞德（Merced）和托鲁姆涅河（Tuolumne Rivers）的源头去，我明白那个地方是我憧憬已久的地方。那时我在想，不论什么样的工作，只要能让我到那山上去我都不会介意。因为我在前一个夏天到过优胜美地（Yosemite）山区，那里绝美的景致叫我久久难忘。德莱尼先生向我解释道，由于积雪不断融化，羊群会顺着长长绵延着的林带一路往山上去，一直到景致最佳之处停下来，逗留上几个星期。

听了德莱尼先生的话之后，我开始觉得自己可以开始筹划几场以营地为中心、辐射周围8~10英里范围内的短途旅行，那必然是酣畅淋漓的，我能专心地去研究一下植物、动物和石头。我也从德莱尼先生那里得到了能够自由从事研究的保证。不过权衡了利弊后，我还是断定自己绝非是此事的最佳人选。我对德莱尼先生坦白了自己的缺点：高山区的地形我不熟悉，将要穿越的那些河流我也不熟悉，还有树林里的吃羊的野兽等我更不熟悉。总而言之，我告诉德莱尼先生我害怕熊、山狗（Coyotes）、河流、峡谷，还包括那些布满了荆棘、容易叫人迷路的灌木丛。我害怕这些都会让他的羊群走失或是丧命大半。不过值得庆幸的是，尽管我坦承了自己的不足，德莱尼先生却不以为然。在他看来，他最需要的是一个能忠诚于他，让他充分信任的人。德莱尼先生对我保证，我所说的那些危险和困难在我放羊的过程中会一点点自然消失的，随即他鼓励我，随我一同去的牧羊人能帮我处理很多困难，我只要专心钻研植物、动物和岩石，并好好地欣赏风景就好。此外，德莱尼先生还要和我们一起去第一个主营地，接下来的高山营地他也会隔三岔五地上来补给我们，看看我们的情况。说到这里我答应了德莱尼先生的要求。即便如此，在羊群出发之前，当牧羊人和德莱尼先生清点数量的时候，我心里多少还有点不安，生怕这 2050 只羊会一去不复返。

那时我有幸得到了一只圣伯纳德犬（St.Beinard）为伴。这条犬的主人与我不过是一面之交，可是他一听说我那个夏天要到内华达山区去，就立刻带着自己最心爱的名叫卡洛的狗来见我，并请求我带着它上山。他之所以这么做的原因是他担心平原上炙热的夏天会要了卡洛的命，于是他对我说："你一定会好好照顾卡洛的，我相信。当然我也相信卡洛也一定能帮到你，它熟悉这山区的所有动物，它可以帮你在外守着帐篷，看着羊群，它是条无比忠诚且能干的狗。"就好像能听懂我们俩的谈话一般，卡洛静静地待在旁边，目不转睛地盯着我们的脸，那一刻我确实相信它明白我们在说什么。我轻轻地叫着卡洛，想知道它是不是愿意和我一同前往。那时我看到卡洛的眼睛里泛着一种奇妙的光辉，它先盯着我看，随后又将眼睛转向自己的主人。卡洛的主人微微拍了拍它，又抚摸了它几下，就向我挥挥手，示意我可以带走卡洛了。就这样我带着卡洛一同上路了，它似乎和我之间并不陌生，因为我觉得之前同它主人的话卡洛已经读懂了。

1869 年 6 月 3 日

今天早上，我们在两匹马的背上稳稳地捆绑上了干粮、露营的水壶、毛毯还有花草标本轧制器等装备。我们跟着在茶褐色山麓上前行的羊群从容地行进在山间。瘦瘦高高的德莱尼先生，脸庞的线条看起来是那样地清晰鲜明，就仿佛是堂·吉诃德一般。他走在最前面，牵着那两匹绑着装备的马，跟在他后面的是高傲的牧羊人比利，在比利之后是一个中国人和一个掘食族的印第安人（DiggerIndian），之所以有他们是因为在灌木丛生的山麓丘陵里赶羊群的工作我们需要他们协助。而腰带里别着一本笔记本的我走在最后面。

我们出发时的农场位于托鲁姆涅河的南面，就在法兰西沙坝

（French Bar）附近，那里是一片山麓丘陵地带，含有大量变质的含金板岩，一路延伸到了中央谷积层矿的地形下面。才出发1英里左右，羊群当中的领头羊们一会儿快速奔跑，一会儿又向前张望，它们用自己的行动表达了自己带着急躁的兴奋，而这份兴奋正是源于它们去年在这里曾品尝过甘美的牧草。一时间，羊群在领头老羊的带动下也开始兴奋和躁动起来。母羊呼唤小羊，小羊回应母羊，声音微微的却十分美妙，就好似充满了人类的情感一般，就在这微微发颤却情感四溢的声音中却因为拽食了满嘴的枯草而时断时续。山坡上尽是汹涌奔跑着的羊群，声音也是此起彼伏，尽管如此，母羊和小羊之间仍然能互相辨认出彼此。只要是母羊没有听到小羊因为疲惫而发出的回应，它就会立刻飞奔过羊群，重新回到小羊最后一次回应它的地方去寻找小羊。母羊在这个寻找过程中不需要任何的抚慰，它的目的就是要在羊群中找到它的那只小羊，这才是它的抚慰。即使在我们眼里羊儿和羊儿并没有什么大的区别，更别提是小羊的咩咩叫声了。

羊群在向山区行进的时候会分散成一个底部宽100码左右、长150码左右的不规则三角形，前进的速度大概是1小时1英里左右。在这个三角形的最前端由几只最为强壮的觅食羊组成，它们是羊群的"领袖"，尽管歪歪扭扭。它们和那些活跃在"三角形"主体两侧参差不齐的觅食羊们会不断地从灌木丛中和石头缝里寻找各种食物，这当中有草叶也有树叶，之所以这么做是为了保障"三角形"底部的那些孱弱的母羊和幼小的小羊羔的基本需求。

接近中午，酷热来袭，羊群们在太阳的炙烤下也变得气喘吁吁，毫无生气。它们纷纷向阴凉的树荫奔去。我们几个人则是想在炙热当中寻找到近处白雪皑皑的山峦以及潺潺的溪流，只可惜视野当中除了明晃晃的日光就什么也没有了。唯独看到的只有那延伸出去的山麓丘陵，其中还布满了灌木、树木以及外露的板岩，山麓看起来是那样的崎岖不平。山麓上大多长着的都是 30~40 英尺高的蓝橡树（Quercus Douglasii），树上的树叶泛着淡淡的蓝绿色，树皮是白色的，只有它才能在最贫瘠的土地或是岩石缝隙当中顽强地生长。不少地方，我们都能看到在黄褐色的草叶当中横亘着在青苔覆盖下的尖锐板岩，乍一看就仿佛是荒凉的乱葬岗上的墓石。山麓丘陵上的植被和平原上的看上去区别不大，当然要除去那稀稀拉拉的橡树，还有几种石兰科植物（Manzanita）和滨枣属植物（Ceanthus）。初春时节我到过这里，当时这里仿佛是一个草长莺飞、鸟语花香的公园一般。

可是现在因为暑气的到来，万事万物都变得萎靡不振了。地面被烤得龟裂，裸露的岩石上只有爬行动物蜥蜴的踪影，当然也少不了微小的蚂蚁，它们似乎不惧怕炎热，反倒是在炙烤之下生命力更加顽强。蚂蚁们排着长长的队伍努力为自己的群体寻找食物，就在那如烈火一般的太阳之下，它们居然不会被瞬间烤干，更是表现出了不可遏止的精力，实在叫人感叹不已。还有几条蜷缩着自己身体的响尾蛇也大多都躲在人们见不到的地方。原本在春天喧闹的乌鸦和喜鹊也不见动静，只是静静地躲在树荫下，耷拉着自己的翅膀，大大地张着嘴重重地呼吸着。鹌鹑们也都在为数不多的几个碱性池塘里寻找最佳的阴凉处，而棉尾兔（Cottontailrabbits）则是在阴凉的鼠李属灌木丛中跳来跳去。有时候还可以看到一两只长耳朵的野兔优雅地在开阔的林间慢慢跑着。

到了中午，我们也找了一片小树丛小憩了片刻，随后又赶忙驱赶羊群向前，争取尽快翻过灌木丛小山，尽管我们知道羊群已经饱受尘嚣之苦。不过我们走着走着就发现前方的山路突然消失了，这一下我们只能停下来再辨明方向，观察周围是否还有我们所需要的路。那个帮助我们的中国人似乎感觉到我们迷了路，于是操着并不熟练的英语说了许多灌木太多太密的话，印第安人则是相对安静地扫视着周围的情况，企图从层层叠叠的山脊和峡谷中找到我们的出路。我们穿过了布满荆棘的丛林，这才发现有一条能够通往考尔特维尔（Coultervile）的大道。既然找到了这条路，我们趁着太阳还未下山继续赶路，一直到找到干燥的农场后，我们才开始扎营，准备在农场过夜。

我们同羊群们一同在山麓丘陵里扎营，这种露营的方式尽管简单但绝称不上是愉快和舒适的。太阳下山的时候，牧羊人驱赶羊群去周围的地方寻找食物，而剩下的人要做的工作还很多，要捡柴、生火、做饭、拆包和喂马，等等。接近黄昏的时候，羊群早已是疲惫不堪，它们被牧羊人赶到了距离营地最近的高地上，它们因此很兴奋地挤到了一起，母羊都找到了自己的小羊，兴奋地给自己的孩子喂了奶，然后它们就会开始休息，一直到第二天早晨，这段时间里我们都不用去照顾它们。

"开饭了"的喊声开始了我们的晚餐。我们每个人手中都有一个锡制的盘子，端着它自己动手从锅里盛出自己所需的食物，然后围坐在一起聊关于露营的话题，像喂羊、矿藏、丛林里的狼和熊等，自然也少不了那些在淘金时代大赚一笔的冒险经历等。印第安人似乎始终和我们不属于一个物种，他总是一言不发。吃完晚饭，喂完卡洛，有人在篝火边上围着抽烟。或许是因为吃饱后烟草的作用，每个人的脸上都表现出了很是神圣的平静，那表情是一种常常在圣人脸上出现的光彩，一种陷入沉思中柔和的、淡定的光彩。随后又一瞬间从梦境中惊醒，每个人不是叹气就是嘟囔，默默地把烟斗中的烟灰磕出来，注视了一会儿篝火，打了声呵欠说道："睡吧，都去睡觉吧。"话音还没落，人就已经缩进了毯子里去了。篝火还一直在烧着，时明时暗，直到一两个小时过去后才熄灭。那时候天上的星星也开始闪耀自己的光芒，浣熊（Coons）、山狗和猫头鹰从树林中不断用自己的叫声来打破夜的沉寂，还有蟋蟀和雨蛙（Hylus）也演奏起了属于它们自己欢乐的音乐，一切都和谐完美，构成了这美好的夜。唯独那不知是谁入睡后的鼾声，也或许是有一些羊因为白天的尘嚣而发出了咳嗽显得有些不够协调。星空下，羊群看上去就仿佛是一床巨大的灰色毯子覆盖在高地上。

1869 年 6 月 4 日

黎明的到来让原本安静的营地顿时骚动起来。大家吃完准备好的咖啡、腌肉和豆子的早餐，洗好餐具开始捆绑打包。太阳微微露头，羊群也开始发出咩咩的叫声。母羊才刚醒，小羊就兴奋地凑过来，用自己的头去蹭妈妈的身体，想从妈妈那儿获得自己的早餐。上千只小羊都喝完奶了，羊群就开始吃草。其中最躁动不安的要数那些阉羊了，因为饿它们的行动最为迅速，只不过它们始终在羊群附近觅食。比利、印第安人和中国人都在拢着羊群，驱赶它们继续朝着那叫人感觉疲惫的路上前行，三个人都尽量把羊群拢在一个约 1/4 英里的范围当中，羊群也只能在那样的范围中觅食。前面已经有不少人驱赶羊群走过这条路了，所以剩下的叶子不论是绿色的还是枯黄的都为数不多了。而对我们来说，这群饥饿的羊群必须尽快驱赶过这片酷热的山丘，这才有希望接近 20~30 英里之外最近的绿色牧场。

德莱尼先生牵着那两匹驮着我们所有人行李的马，此外他瘦削的肩上还扛着一柄重重的来福枪，这是用来防范熊和狼的攻击的。今天和第一天的天气几乎一样，同样是酷热难当且尘烟弥漫。我们今天要赶的路是翻过一道道平缓的棕褐色丘陵，这一路的植被同第一天并没有大的不同，只不过我们还看见了长得十分奇特的塞宾松树（Pinus Sabiniana）。塞宾松树在这里不是散长在蓝色的橡树中间就是自己形成了一片小小的树丛，它们的枝干长到了15~20英尺高度的时候就会分叉成两支以上的枝丫，有的笔直生长，有的斜着生长，每个枝丫上都长满了长长的灰色针叶以及凌乱的枝杈，这些都不足以形成阴凉的树荫。塞宾松树和其他的松树长得并不相似，它更像是棕榈树。它的松塔会长到6~7英寸那么长，直径也大概有5英寸左右，重量比一般的松塔重，就算从树上掉下来很长时间它都不至于完全腐烂。所以塞宾松树的树下一般都铺满了掉下来的松塔。塞宾松树的松塔里富含油脂，可以用来生火或是烧篝火，它的照明效果在众多的燃料中也算是数一数二的，我所知道的只有玉米穗能比它强。"堂吉诃德"德莱尼先生告诉我，掘食印第安人喜欢大量收集塞宾松树的松塔，因为他们以其中大小同榛子一般的松子儿作为食物。太神奇了，他们居然拿同一种果实既作为供奉神的食品也作为燃料！

1869 年 6 月 5 日

今天早上，羊群就好比是移动着的云朵一般随着我们在山麓上攀爬了好长一段时间。几个小时过去，我们和羊群到达了皮诺布兰克山（Pino Blanko）侧面的一块台地，那里轮廓分明，可以让我们休息一下。突然我对塞宾松树产生了浓厚的兴趣，我忍不住要为这种长得像棕榈树一般奇特外形且身姿挺拔的松树画上一张素描。可是如此兴奋过头的我显然画不出好的素描。幸运的是我有足够的时间在那里停留，最终我还是完成了一张让自己比较满意的素描，画里除了有塞宾松树外还有从西南角俯视下的皮诺布兰克山峰的美丽风景。言归正传，台地上还有一块小小的田地和一片葡萄园，它们边上有一条小溪，可以满足灌溉的需要。溪流顺着峡谷而奔涌直下，挂出了一道风景瑰丽的瀑布。

就在我爬上台地最高最开阔的顶部时，海拔 1000 英尺的高度所带来的开阔视野叫人油然生出一份兴奋，而那些收入眼底的景致也叫人有了诸多的憧憬。默塞德山谷中的一段就位于被人们俗称为马蹄弯地（Hourseshoe Bend）的地方。站在高处，这一地带的雄壮恢宏都可以尽收眼底。在我看来，这一地带仿佛正混合着 1000 种优美的乐音来发出自己最为磅礴的呼唤。在那陡峭的斜坡之上，松树就仿佛羽毛一般装点着山坡，还有那丛丛的石兰科常绿灌木，阳光洒满了它们中间的空地。更有那层层叠叠，带着优美体貌的山丘和山脊，在向远处绵延时越来越高，渐渐地同远处的山峦融在了一片朦胧之中。还有一簇簇的沙巴拉灌木生态群（Claaparral）覆盖整个山间，这其中有不少是藜科属植物（Adenostoma），它们很是奇特地生长着，彼此紧紧地挨着，密得就仿佛是地上覆盖上了一层细腻柔软且丰厚的毛绒，这其中没有高大的树木，更没有裸露的地。远远望过去，那起伏连绵，布满毛绒的山峦就像是绿色的海洋一般向前延伸，很有规律，它有机地将高山的雄伟壮观都融合在了一起，此外还加上了水光潋滟的河流在其中衬托点缀，水的柔软流进了山脉优雅的褶皱当中，它填补了每一个可能裸露在外岩石的夹角，那所有变质板岩中的凹槽和凸脊也好比是它一点点用砂纸仔细打磨和雕刻出来的。地貌整体的设计所呈现出来的无一不是出神入化、巧夺天工的艺术作品。它所传递出的艺术美是何等的震撼人心，何等的神奇啊！我怀着敬畏之心，久久地注视着眼前的景象，哪怕让我放弃一切我也愿意。我在这艺术设计当中竭尽全力去找寻究竟是什么样的力量淬炼了如此的特色，如此岩石、植物、动物和天气之间的搭配。这几乎无处不在的美是那样的不可思议，上到天边，下到山间，不论是已经造就的，还是正在造就的，绵延千万年，生生不息啊！我凝视，我怀想，我憧憬，我渴望，我的思绪都在这当中，一直到羊群远离了我的视线，这才回过神来匆匆画下了一幅素描。只是这些仿佛都是多余的，因为在我的脑海里已经深深地烙印下了那片充满神圣色彩、线条和风貌的景致，永远地镌刻在了记忆当中。

这一天叫人陶醉不已，尽管到了晚上，天气变得清凉，天空中几乎没有云彩，可是我不熟悉的闪电却一直在其中闪耀着，仿佛是光团一般射入了树丛和灌木丛当中，一瞬间让人有一种视觉上的误差，似乎看到了无数只那种来自于威斯康星州牧场的萤火虫，振翼高飞而非我们所常见的"野火"。马尾上的长毛和毛毯上闪耀着的火星就在向我们表明因为有了这闪电，空气中的静电无处不在。

6月6日

我们一路翻过了一座座如小小波浪起伏一般的小山之后，最终到了这山脉里的第二块台地。在这里我们看到了同此前并不一样的植被。部分开阔的区域生长着不少低地植物，其中有漂亮的大百合（Mariposatulip）以及其他品种的百合科植物，这还有待我们进一步发现。我们之前在山麓丘陵上最为常见的蓝色橡树已经没有了，取而代之的是加州黑栎树（Ouercus Californica），这种树相比橡树又大又美，且年年落叶的它们长着如手掌一样深深分裂开的叶子，这便是裂片。树上方的树干分开，很是挺拔，树冠广阔厚实，也会有裂片出现，造型看起来很是秀丽别致。这里的海拔已经高达 2500 公尺，因此一座大大的针叶树林长在这里，我们来到它的边缘，发现其中大部分生长着的都是黄松（Yellow Pine），当然还有一小部分的糖松（Suger Pine）。

那一刻我们被群山包围着，群山和我们一下子就融在了一起，它们引爆了我们的热情，还触动了我们的神经，将我们的每一个毛孔和细胞都填满。身边的美将我们的肉体变成了如玻璃一样透明的物体，生动地成为这美当中不可或缺的一个组成部分，就和空气、树木、溪流和岩石一样，在太阳的照射下以同样的方式颤动着。大自然和我们合二为一，这时的自己不再有老态龙钟，也不会有青春年少，身体既没有疾病也无所谓健康，总之一切都处在了不灭的永恒当中。此时我仿佛和大地蓝天一样，不再需要食物或是呼吸，天啊，这个变化是那样的神秘，那样的突然，那样的彻底啊！曾经的肉体牵绊在记忆当中已经慢慢模糊，只不过剩下来作为了我在这个世界上安身的凭据罢了。因为生命所处的环境发生如此突变让我们感受到了前所未有的新鲜感啊！

松林中有一块空空的牧场，沿着它远远望去，我看到了优胜美地（Yosemite）上对着皑皑白雪的山峰，它就在莫赛德河源头的附近。蓝色的天空下，更确切地说在蓝色的空气中，我感觉它们离我是那样的近！此刻它们的轮廓是那样的清晰！这蓝色的天空，蓝色的空气好像和它们也融为了一体，它们用一种令人难以自持的撩拨引诱方式来勾着我，我在思考自己是不是要前去看看。为此我每日每夜都在虔诚地祈祷。如此的机会几乎让我无法相信它确实真真实实地存在着。能承担此神圣任务的人必是贤达的人，自然可以欣然前往，可是我呢，只不过是流浪在这爱情纪念碑当中的一个普通人，但我也愿意成为一个最卑微的随从随之欣然前往。

考尔特维尔附近有一丛藜科植物，我在那儿的背阴处找到了一枝卡勒修图斯属百合（Calochortusalbus），除此之外，我还发现了在百合的另一边有一株智利铁线蕨（Adiantum Chilense）。卡勒修图斯属百合花为白色，底部内侧微微泛紫，因此花儿看起来好比雪的结晶一般纯净，见过的人都过目不忘。如此圣洁的花朵，有谁见过能不爱上它呢，何况它的芳泽足以让人的心灵变得更加纯净。粗鄙的登山者见到它之后行为会变得检点。有了它的存在，即便没有其他植物世界也会变得丰饶富足起来。它们在路边生长着，仿佛在向我布道，追上那如云朵一般的羊群确实困难重重啊！

下午我们路过了一块草木丰沛的草场，挺拔高大箭镞形的笔直黄松将其环绕，这其中还不乏一些形貌高贵的糖松。和黄松截然不同的是，糖松的枝丫羽翼一般向高处伸展着，盖住了其他松树的枝头。糖松看起来十分尊贵，松塔大概有 15 到 20 英寸左右，挂在枝丫的末端，像摇曳着的流苏，有着华丽的装饰效果。曾经在格里历锯木厂（Greely Mill）我见过糖松的原木，木头除了底部因为砍伐而造成几处支棱和参差之外，其他的原木部分还都保持着浑圆匀称的样子，看上去就像是加工过的。锯木厂和伐木厂满满都沁着糖松甜丝丝的味道。在糖松的树下硕大的松塔和纤细的松针铺满地，有一种我从未见过的绚丽。松塔掉下来时鳞片一般的鳞针（Scales），还有种子的翼瓣（Seed-wings）、果壳等都掉落在树下，那是松鼠们大快朵颐的最佳地方。松鼠们从鳞针那规则排列的螺旋状处一点点剥离，露出松子，那就是它们的口粮。一般鳞针的底部会有两粒松子，一个松塔上就包含有一到两百粒松子，这足够松鼠们开心地饱餐一顿啦！道格拉斯松鼠（Douglassquirrel）吃松子的方法则与众不同，它们更喜欢把黄松以及其他松树掉落下来的松塔倒着在地上一直滚，滚到松子露出为止。

松鼠喜欢背贴着树身坐着，这是它们的习惯动作，或许是出于安全考虑吧。只是奇怪它们这么做却从来不会贴得满身都是树胶，即便是爪子和腮边的胡须也从来没有弄脏过，更重要的是它们还习惯把自己吃过的松塔壳、屑都一点点整齐地堆起来，和古人堆积贝壳和陶器成贝当堆（Kitchen-middens）那样，非常整齐利索，还十分赏心悦目。

那布满了朵朵白云且流淌着清凉溪流的地区，我们正一步步接近。中午时分，我们突然发现优胜美地上空出现了壮观的积云。这片广阔的莽原被漂浮流动的泉水滋养着，道道溪水在层层叠叠的山峦当中发源于珍珠色的小山和溪谷间，然后在碧空之下流经大地，给予这片土地最甘甜的云影和甘雨。天空中此时的云朵变化多端，美不胜收，不论地面上的岩石线条如何多样，造型多么精致细腻都无法与之相媲美。云彩构成的苍穹同高耸的山峰一同膨胀升起，形成一如优质大理石那样洁白且轮廓鲜明，又仿佛初创世界时所展示出那样叫人难以忘怀。雨云尽管都转瞬即逝，可是它却也留下了自己的足迹，这足迹在千万繁华绿树中，它们因为有了雨云而有了生命，溪流和湖水也有它们的足迹，它们因为有了雨云而丰沛。不管我们是否察觉，岩石上也有雨云深深的足迹。

我始终在细致观察藜科灌木丛（Adenostonma Fasciculata），只因它很是奇特，见了它之后我就忘不了了。第一次它吸引我注意力是在马蹄弯道附近，就在靠近考尔特维尔第二台地的低洼山坡那里，藜科灌木丛在那里郁郁葱葱地生长着，几乎已经成了一片无法跨越的丛林，远远望去就像是一片晦暗的黑色。藜科灌木属于蔷薇科（Rosefamily），大概有6~8英尺高，而其中有8~12英寸左右的白色小花按照总状花序（Inracemes）排列。它叶子的形状是圆形针状，树皮微微泛红，树龄大的灌木就会有很多斑驳的条纹出现。炎炎烈日之下，灌木生长在暴晒的山坡上，和草地一起都被骄阳烈焰所灼烧，可是它能由根部再生。可是很多生长在灌木丛中的树木却在炎热的暴晒下失去了生命。无疑，这顽强的灌木丛最终会长成一片绵延不断的灌木林带，当中不会有其他的树种，秘密就在于生命力的差异。能和它们一样的还有几种石兰科植物，它们同样能浴火重生，只有它们能与藜科灌木相生。此外，还有一部分菊科的植物在灌木丛当中，譬如巴夏利属（Baccharis）和麻苑属植物（Linosyris），另外还有百合科的植物（Liliaceous），譬如卡罗修图斯属和布罗迪亚属（Brodiaea）植物。它们之所以能存活是由于自身的鳞茎深深地扎在了土壤最深处，因此似火的骄阳对它们来说没有巨大的摧毁力。还有不少鸟类会选择在这片巨大的灌木丛中栖身，就如彭斯所说的"小巧、油亮、怯生生的胆小动物"。在这片灌木丛边缘有一些空旷洼地和小径，冬天的时候因为躲避暴风雪而从高山牧场里下来的鹿群在这里找到了食物和避难所。这植物太让人敬佩了！它们此时正是花期，于是我摘下了这些美丽且散发着香气的花儿，并扣在我的扣眼儿上。

还有一种让我难忘的灌木丛，那就是欧洲杜鹃，它通常生长在清凉的溪流边，这一片的海拔要比优胜美地高许多。傍晚时分，我们开始准备在距离格里利锯木厂几英里扎营的时候，我看到旁边有一些盛开着的欧洲杜鹃。它们和北美杜鹃（Rhododendrons）是近亲，它们的花儿很是妖娆，芳香气浓郁，就仿佛在卖弄自己的风情。爱欧洲杜鹃的人不但会痴恋它们妖娆的紫色，还会因为总有常荫的桤树（Alders）和柳树，以及布满了蕨类（Ferny）的草地、涓涓细流在它们的左右。

我们今天还发现了一种称作拟肖楠（Libocedrusdecunens）的针叶类植物（Conifer）。这是一种非常高大的植物，有着扁平呈羽毛形状的树叶，泛着暖黄绿色，这和有着肉桂色树皮的岩柏属松树（Arborviate）的树叶颇有些类似。老树上的树干通常没有枝丫，阳光会透过其中的缝隙射到它们身上，我们会因此发现它们那高耸入云的枝干，这和有着君王一样高贵气质的糖松和黄松几乎没有格格不入的感觉。我的注意力被耸立着的它吸引住了。我看到那棕色木头纹路很细密，就和鳞状的叶子一样都散发着淳厚的香味。老树扁平羽毛状的叶子重叠起来不但能铺出舒服的床，还能作为挡雨的雨棚。如果此时有人在风雨中无法前行，那如此老树所伸出去的宽大枝丫因为有了厚厚的叶子就会像帐篷一样垂下为他遮风挡雨，显然如此有高贵气质且好客的大树给了在暴风雨中的人们惬意的感觉。掉下来的树枝如果可以生一把火的话，人们不但可以取暖，还能在袅袅升起的香气中感受到来自头顶最为真诚的风之颂歌。

只是今晚并没有暴风雨，非常安静，我们扎的营也只是一个简单的牧羊营地罢了。我们扎营的地方靠近莫赛德河北支流，有微微的夜风吹来，它们就好似在诉说高山上的奇妙景色，还有雪中的泉水、花园、森林和树丛，这曲调高高低低甚至还包括了那里的地形地貌。繁星就仿佛是夜空中永远绽放的百合花，它们在远离了低地尘土的我们眼里是那样的晶莹明亮。地平线上被重重叠叠如尖塔一般的松树林给环绕着和装饰着，松树之间排列得非常和谐整齐，看起来仿佛是阳光播撒下来的象形文字，这是非常确定的一种符号。这些确定的、神圣的文字，我多希望能有一天能领悟其中的含义啊！蕨类植物、百合花和桤树身边流过了潺潺细流，还流淌过帐篷，无时无刻不在演奏着沁人心脾的音乐。松树林在天边环绕着，每一棵都有自己的位置，写出了最让人感到舒服的幸福乐章。这所有的美都那样神圣不已！在我看来，只有能够待在这里，尽管只有面包清水相伴也不会寂寞。那样的我对万物的爱在逐渐递增，我因为这样的爱感觉到和朋友和邻居之间的关系一点点凑近了，不再有千山万水的阻隔。

6月7日

昨晚羊群突然生病了。直到今天羊群还病着，它们只能待在营地当中，咳嗽、呻吟，生了病的羊楚楚可怜。或许是因为吃了杜鹃花（Azalea）叶子的缘故，这受了诅咒的叶子让它们生了病，这是牧羊人比利和"堂·吉诃德"的想法。离开了平原之后，羊群能吃的青草就越来越少了，事实上它们总在挨饿，因为只要看到绿色的东西它们都会饥不择食。牧羊人认为杜鹃花对羊来说就是毒药，所以他们始终不知道造物主为何要创造出这样的一种植物。牧羊这个事业已经因为时代而处在退化的绝境中，尽管我们也从书中认识到在遥远的古代，这无疑是最高雅教化事业中的一种。现在的放牧却不再需要太多的成本就能成功，宜人的气候让牧羊人不需要准备过冬的饲料，挡风遮雨的羊圈包括仓谷自然也不需要了。加利福尼亚放牧的人更多的是出于致富的需要，他们中的大多数人也确实如愿了。小小的花费就能换来丰厚的利润，大群大群的羊能让他们投资的钱在两年后翻番。短时间的利润回笼会促发更多的财富欲望。这些人已经可怜到了像是被羊毛挡住了自己的眼睛，其他所有值得看的东西他们再也看不见了。

　　而牧羊人的情况甚至还比不上上面说的情况。冬天到了，他们在小木屋里独自一人度过，那情况可想而知。他们即便有一天也能和他们的老板一样羊儿成群，并且发家致富，这美好的未来时时都在激励着他们，可是眼下的境况只会给他们带来堕落，他们当中不是所有人都能成为牧羊主，实现名利双收，那只有一小部分能实现，何况这些所谓的好处还不如说是坏处呢！堕落的牧羊人是什么原因造成的，这是很明显的。一年中的大多数时间他们都是一个人孤独地生活着，这种生活对谁来说都是难以承受的。在此期间，他们很少动脑，更不会去看书。干了一天活儿，晚上回到他们那和羊圈不相上下的简陋小屋里，疲惫却也木讷，甚至没有任何东西可以用来消遣，生活和身边的世界都被拉平了，彼此相抵。结果就是什么都看不到了！他们在放了一天的羊以后，还要吃吃晚饭，可是他们能做的也就是消极地应付过去，抓到什么就吃什么，目的就是为了要填饱肚子完事。可能没有烤好的面包，他们就找到一些还没洗过的煎饼，不论是不是脏兮兮都在平底锅上胡乱煎一下，煮些茶，再搭上一些已经变了味儿的腊肉。他们还会在自己的小屋里存一些桃干或是苹果干，可即便如此他们也懒得去将它们下锅煎一下，再做一遍。只是就着上面说到的那些食物，牧羊人们胡乱地把大饼和腊肉塞进嘴里，剩下要打发的时间就基本都交给了烟草，唯有那陶然忘却一切的麻醉感消磨掉了剩余的时光。大多数时候他们就在那样的时候睡过去了，白天工作的脏衣服也不脱。牧羊人的健康状况可以想见，就更别提心理健康了。一个人几个月甚至更长的时间无法和其他人接触，最后只会是半痴半癫，不少人都因此精神失常了。

苏格拉的牧羊人很专心于自己的牧羊事业，极少再去做点其他的工作。或许是因为从祖先那里传承下来的职业，苏格拉人对牧羊的热情，以及所掌握的牧羊技巧似乎是与生俱来的，这一点似乎和那些体大毛长，头部尖瘦的柯利牧羊犬（Collie）一样的杰出。苏格兰人牧羊的数量一般不多，因此还能和自己的家人、邻居有联络，等待天气好的时候他们还会去读点书。苏格拉牧羊人在牧羊时常常会带上几本书，读书的时候还不忘和书中的国王进行精神上的交流。曾经我们读过的书当中有提到东方的牧羊人习惯给自己的羊儿起名字，然后在放牧时呼唤它们的名字，羊儿听到呼唤以后就能紧紧地跟着牧羊人。只有放牧一小群羊儿的牧羊人才能用如此管理方式，他们才会有足够宽裕的时间到山上吹笛子、看书或者思考。只是无论到了什么时候，在什么国家，牧羊业即便再发达，根据我的所见所闻，我还是认为加利福尼亚的牧羊人不会让心智健全清醒的情况维持过长的时间。大自然有各种各样奇妙的声音，可是他们真正能听到的只有一种，那便是羊儿的叫声。如果稍微用点心，在他们身边，上帝还赐予了山狗的嗷叫声，这仿佛也是天籁之声啊！只可惜他们的眼里只剩下了羊肉和羊毛，再没有听力去听大自然的万籁之音。

羊群的病情渐渐有些好转了，牧羊人比利对我们说起了高山牧场上的各种"毒物"，譬如杜鹃花、石南科植物（Kalmia），以及碱土（Alkalj）。我们继续赶着羊群前行，穿过莫赛德河的北支流以后我们开始向左走，前方就是派勒峰（Pilot Peak）。就在满是岩石和灌木丛的山脊上我们耗费了很长的时间，随后到了一个名为"布朗平原"（Brown's Flat）的地方。在离开平原地区后，这是我们的羊群第一次看到了绿草丰沛的平原。德莱尼先生就此要在这里住下几星期，于是他开始在附近找扎营的地方。

我们在中午之前就穿过了凉亭山洞（Bower Cave），那仿佛是一座大理石宫殿，它有着让所有经过的人都感到欢愉的力量。因为阳光可以从南面宽大的洞口洒入洞内，整个山洞都变得很亮，更没有水滴的滴答声。洞里有一泓深深的湖水，水面清澈，湖岸在枫叶的掩映下，那景象很美。只不过这洞里的景象都在地下，和我曾经看到的众多山洞景象迥异。在肯塔基州的很多地方都密密麻麻地分布着大大小小的山洞，不过我也没见过像这个山洞一般的景致。如此独特的地下奇观正好在一条绵延的大理石石带上，据说这一条长长的石带可以从整个山脉的北端延续到了南端，石带的两端之上也分布了众多的洞穴。只是我的经验告诉我，这个洞穴的景致绝对是独一无二的，它不但有广阔明亮的空间还布满了各种各样的植被，更有如水晶一般瑰丽的地下世界。曾有一个法国人对外声称自己拥有了这个洞穴的所有权，于是用栅栏封了洞口，在湖岸周围摆上了椅子，湖面上停了一艘小游船，门票定为1美元。就此这个山洞就成了前往优胜美地（Yosemite Valley）多条线路中的一条。当夏日旅游旺季到来的时候，不少游客都会选择这里，除了优胜美地外，这个洞穴也成了他们游览线路中的一个有趣的景点。

毒橡（Poisonoak）也被称作是毒藤（Poisonivy），学名叫作毒漆（Rhusdiversiloba），它既属于灌木，也属于攀缘类植物。从山麓丘陵到 3000 英尺海拔以上的高地，几乎所有的地带都能看到这类植物，它们往往会攀缘到树上或是山岩之上。这种植物常常会引起人们的皮肤和眼睛发痒，所以旅游者都很讨厌它们。可是它们和它们周围的植物们却相处得非常和谐，它们身上有很多美丽的小花依偎着，为的是能求得庇护和阴凉。对我来说，最经常看到的是它们身上攀附着一种奇特的蔓百合（Stropholirion Califor-nicum），两者非常和谐地生长着，一副十分甜蜜的模样。羊儿将它们作为食物，吃下后也没有任何不适的感觉。马尽管对它不感兴趣，但吃下也不会感到不适，事实上对很多人来说它也是无毒的。只是它们对人类而言始终没有明显的用途，所以它们和其他一些类似的事物一样也缺少朋友。这也就是为什么总有人看到它们后就会问道："造物主为什么要造出它们呢？"这些人难道就没有一刻想过造物主造出它们的目的就是为了造出它们吗？

在莫赛德河的北支流和牛溪（Bull Creek）分水岭顶部的肥沃浅谷就是布朗平原，不管身处哪个方向，人们都能清楚地看到下面蔚为壮观的景象。探险先驱大卫·布朗（David Brown）先生多年来都把自己的大本营扎在这里，淘金和猎熊是他主要做的两件事情。猎人通常都是独来独往，所以他们总是离群索居，那这个地方显然是最佳的选择。在这里狩猎，在岩石当中淘金，还能感受到清新空气当中有利于健康的美妙以及振奋的心情，望着天空中多彩的云朵伴随着气候变化而幻化出千变万化的样子，这也给了人无数的灵感。大卫先生十分老练，他同众多的拓荒者一样非常务实，从来不务虚，关于这一点他对自己的要求已到了近乎苛刻的地步，只不过他同其他人不一样的是依恋着这片不同寻常的自然风光。德莱尼先生对布朗先生很是了解，他告诉我布朗先生最爱做的一件事情就是爬上山脊的顶端，因为那里视野开阔利于极目远眺。视线也可以轻易地穿过树林，远远望到覆盖着皑皑白雪的山峰和河流的源头；视线还可以越过近处的山谷沟壑，再依据看到的炊烟、篝火和听到的斧头声做出判断，了解何处是矿工开工的地方，何处是已经被遗弃的矿山；当来复枪响的时候，布朗先生还可以依此判断是印第安人的枪声还是盗猎者的枪声。布朗先生有一条叫桑迪（Sandy）的狗，无论布朗先生走到哪桑迪都跟到哪。桑迪是个登山能手，而且对它的主人十分忠诚和热爱。布朗先生去猎鹿的时候，桑迪不需要做太多事情，只要在布朗先生穿过森林的时候，也同自己的主人一样脚步轻盈，小心过重的脚步发出大的声响就可以了，同时它也伺机用敏捷的双眼扫视灌木丛当中的动静，猎物常常都会在黄昏和日出时分在这个地方寻找食物。在布朗先生到达新的瞭望点的时候，桑迪会跟在主人身后谨慎地观察山脊和那长满绿草的溪流两岸。桑迪在布朗先生猎熊的时候就变得非常重要了，布朗先生也因为有了这个帮手成了猎熊的高手。布朗先生曾经住过的这座孤零零的小木屋，德莱尼先生也没少在这里过夜，这也是他为什么会知道那么多布朗先生旧事的原因。在德莱尼先生的描述当中，布朗先生每次狩猎通常都会带上桑迪、来复枪以及几磅面粉，再小心翼翼地穿过熊最爱出没的草场。他先找到熊出没的痕迹，然后一路穷追不舍直到猎到猎物为止，全过程花多少时间布朗先生从不介意。熊不管在哪些地方出没，桑迪都会帮他找到熊的足迹。桑迪的嗅觉非常敏锐，哪怕是怪石路面也从未出现过错误的判断。布朗先生和桑迪在到底地势开阔的地方之后，就会先细细地检查附近是不是有猎物藏匿之处。大部分情况下，季节变化尽管熊出没的地方会发生变化，但是猎人都能大概掌握它的规律。春天和初夏，熊喜欢在靠近溪流和泉水旁的开阔空地吃草、苜蓿（Clover）和羽扇豆（Lupines），也可能在干燥的草地上找草莓吃。夏末时节，干燥的山脊是它们最爱去的地方，它们会在那里找石兰科植物的浆果，用爪子拽下长满果实的枝条，挤压在一起之后塞满整个嘴，丝毫不顾是不是吃进去了多少枝条，这是它们这个季节最享受的时候了。小阳春（Indiansummer）时节，松树下被松鼠咬掉的松塔是它们的最爱，当然也会爬上树去把累累的枝条咬断。深秋时分，熊最爱去的就是挂满成熟橡树果的橡树林，所以它们常常出没在如同公园一般的峡谷平原，因为那里有一整片加利福尼亚橡树树林。猎人对此很熟悉，也就很容易能找到熊，很少会是意外的情况。强烈的气味出现的时候，猎人就知道附近一定有危险的猎物出现，于是他们会在原地久久静立，不慌不忙地对周围的环境和植被进行扫视，目的是要搜寻到毛茸茸的游走动物，或者至少去判断它可能藏匿的地方。布朗先生曾经说过："只要能在熊发现我之前发现它的踪迹，那么猎杀它对我来说就毫无问题。首先我要熟悉地形，无论我和它之间距离有多远，我都会选择绕到它的下风区，再一点点谨慎地往上移，尽量把我和它之间的距离缩短为几百码。随后我要找一棵小树，必须是熊认为过小的树但我可以轻松爬上去的，我就在那树下面，接着开始仔细检查来复枪，脱下靴子，做好一切准备。一旦有需要我就要迅速爬到小树上去。接下来就是漫长的等待，等着熊转身，它一转身我就一枪命中它。如果我发现熊企图攻击，我就要爬上小树避免被伤害。熊的反应都比较迟缓，视力也不太好，所以它总是很笨拙，更何况我所处的地方是它的下风区，它不会闻到我的气味。我通常会在它嗅到火药味之前就发第二枪。受了伤的熊习惯逃跑到灌木丛当中。为了保证安全，我会任由它跑上一段时间，随后再跟着上去，桑迪也会跟着我，很快它就会找到熊的尸体。假设熊还活着，桑迪就为了吸引它的注意力而朝着它狂吠，有时候还会冲上去咬上一口，以便分散熊的注意力，我就可以安全地上去给它最后致命的一枪了。就是这么做，但凡是安全的方法，猎杀熊的过程就会很安全。固然偶尔也会有意外发生，这和其他的众多行业一样，我和桑迪也曾遇到过非常危险的时候。通常熊会避开人类，不过如果遇到的是一头又老又瘦且极度饥饿的老母熊，身边还有几只嗷嗷待哺的小熊时，它们一定会抓住人并且吃掉他。可是不管怎样这样做才公平啊，人也是吃熊的啊！不过直到现在我还没发现身边有什么人被熊吃掉了。"

就在我们到达那里之前，布朗先生已经离开了小木屋，可是在平地边缘，我们还是看到了不少仍旧依依不舍地逗留在雪松树皮搭成的窝棚里的掘食族印第安人。最初他们来到这里是被白人猎人吸引来的，慢慢地，白人猎人就成了他们敬重的对象，白人猎人可以保护和指引他们来对抗敌人帕·犹他族印第安人（Pah Utes），他们再也不用畏惧对方会从自己这里掠走储存的物品，甚至是自己的妻子。

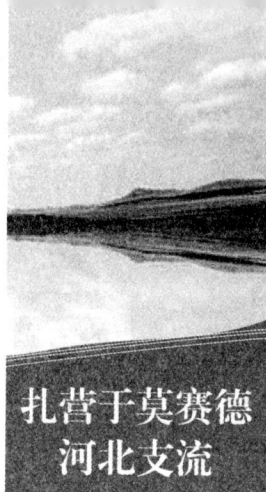

扎营于莫赛德河北支流

6月8日

羊群吃了大量新鲜的青草以后开始温顺起来了，它们一面慢慢地啃食着脚下的青草，一面缓缓地在派勒峰山脊下沿着莫赛德河北支流山谷的方向走去。德莱尼先生为我们选择的第一个中心营地就在那里，一个由河流转弯而汇聚的漏斗状凹谷，四周环绕着多个山坡，风景优美。我们在河岸边的树荫下面搭上了放置食品和餐具的架子。大家也都在各自铺自己的床，不同人有不同的爱好，有用蕨类植物叶子的，也有用雪松羽状叶子的，还有用花的。铺好床以后，大家合作在开阔的空地上围了羊圈。

6月9日

大山深处的一夜好眠，是那样的深沉酣甜！天空中的繁星点点，大地上群树怀抱，瀑布的肃穆声响以及四周传来的仿佛喃喃细语一般的声音都是如此的甜美，似乎在轻轻地抚慰人心，演示着长久的安宁。有了这些声音反而更有了幽静和悄然。这是第一个属于我们的纯粹山中之日，万里无云，和谐安详。一切望过去都是无边无际，宁静且原始的啊！这一天是如何开始的我早已想不起来了。春天在河岸边，在山丘上，在大地间，在天空中，它运作着自己的热情，凡是新鲜的生命和美丽都在蓬勃着自己的生机，舒展着郁郁葱葱的景象。巢中的幼鸟是那天空中初展双翼的生灵，还有大地上新吐的嫩芽，初绽的花朵，无处不在的喜悦气息和情感随春天一起舒展和闪耀。

营地边上的树大多都紧紧依靠在一起，在它们的下面蕨类植物和百合花因为有了足够的树荫而充分生长。河岸后面阳光普照着大地，一片片、一丛丛令人炫目的花花草草就好像被呼唤着，照拂着列队开放。还有那高高的燕麦草（Bromus）像竹子一样摇曳着，各种菊科花、香蜂草（Maonardella）、蝴蝶百合（Mariposatulip）、羽扇豆、吉利草属植物（Gilias）、紫罗兰等，如同繁星一般在阳光下如同光的儿女快乐生长。蕨类的叶子很快就舒展开来，河岸上一丛丛常见的凤尾蕨（Pteris）和狗脊蕨（Woodwwardia）。岩石被阳光照耀着，可以清晰地看到以圆形排列着的一圈圈旱蕨（Pellaea）和碎米蕨（Cheilanthes）。狗脊蕨的一部分叶子都已经很高了，大概有 6 英尺左右。

熊蓓（Chamoebatiafoliolosa）是蔷薇科的一种小灌木，小巧漂亮的它们在高大的糖松下面铺开了一层黄绿色的小斗篷，绵延开去，长达数英里，其间没有别的植物。可是偶尔也会发现有几株华盛顿百合（Washiongtonlily）掺杂其中，就像是在平整的斗篷当中微微探出的脑袋，随着微风颔首摇摆，也会有一两株高挑的燕麦草在其中，它们的作用更像是装潢门面。如此小巧的灌木丛仿佛地毯一样铺洒在海拔约 2500 到 3000 英尺左右的地带，高度大致到膝盖，枝丫为棕褐色，树茎宽度的最大直径大约 0.5 英寸。它的叶子泛着浅黄绿色，大致是三瓣羽状，叶瓣分裂出来的裂纹非常精美，同很多色彩浓艳的蕨类植物非常类似，叶面上也有不少点点的微小腺体，还会散发出特殊的香气，和周围花花草草的香气融合在一起十分和谐。它开出的小花是白色的，直径约 5/8 英寸，乍一看同草莓的小花很相似。当我看到这小灌木丛的时候非常喜悦，这是整个内华达山区中唯一如毯状一般的灌木丛。尽管石兰科植物、鼠李还有大部分的滨枣属的植物也同粗糙的垫毯或是花边，但无论如何是不能和这边缘平整且柔软的毛毯和斗篷相提并论的。

这片新牧场似乎不是羊群们所钟爱的地方，或许是由于四周环绕的小山把它包得有些严密了。待在新牧场里的羊儿们始终都没有放松地休息过，何况昨晚还遭受了熊和山狗的惊吓，它们的存在让羊群感觉到危机四伏。

6月10日

今天的天气很温暖。露营所需要的生活用水都来自于小瀑布下的岩潭，小瀑布是由河水湍流直下而成的，景色秀丽如画。在潭中沸沸扬扬的瀑布尽管水气激荡，但没有激起任何浑浊的泡沫。瀑布下的岩石由于是黑色变质板层，在长期流水的冲刷下形成了一个个光滑的圆石。而飞泻而下的瀑布水流、水花是灰白色的，两者在色彩上有着巨大的反差，相映成趣，上面有瀑布掠过、滑过，成了一道水幕，就如同带着网眼儿图案的床单一样，和飞泻而下如麻花辫子一般的水流两者一同落入了岩潭当中。在露出水面的圆形石头上长着一丛丛的莎草（Sedge），在水的映衬下有种柔美的效果。莎草长着修长的且带着弹性的叶子，像一个个小拱门一样垂向四面八方，长长的叶尖也垂到了流水当中，原本就因为耸起的岩石而分流的水流经这么一切割就变得更加纤细了，莎草和它彼此和谐的画面，那美妙让人难以忘却，那就是一幅旖旎动人的景致。

圆形石头上构成了一个小岛，上面长满了高挺的虎耳草（Saxifradge），它们把根深深地扎在了岩石当中，宽宽大大的圆形伞状叶子向外展示着，仿佛是在炫耀自己的美，它们自成一丛，高高地盘踞在莎草之上。虎耳草开着紫色的花朵，总体花序高大且带有腺体，勃发在树叶长出来之前。根状的肉色主干紧紧地扣在了岩石和岩石之间的缝隙和凹穴当中，即便是有洪水来袭，它们也能同平常一样挺立。仿佛是大自然雇佣来了如此惹眼的物种，目的是为了让原本就妙趣横生的溪流能有更加娇媚的一面。在营地周围，两岸的树木形成了拱形的绿色通道，在各种枝条的遮蔽之下，阳光变得柔和温暖，河水穿流而过，清新地唱着自己的歌，闪着光芒，好比一个快乐的生灵经过那里。

内华达山高处响起了轰隆隆的雷声，松林后面凸起来的白色积云也升了起来，这个时候正是正午时分。

6月11日

河流东边有一条支流，我在那里发现了很多景色美丽的小瀑布。每一道小瀑布的下面都有一个水潭。瀑布上飞流而下的白色水流顺着岩壁的灌木丛和苔属植物，斜挂得那般曼妙，大朵大朵的橙色百合花也簇成了花团，盛放在水潭边最为肥沃的河床上。

营地的周围并没有成片的牧场或是郁郁葱葱的平原，我们的羊儿找不到充足的可以啃食的牧草。所以它们此时的主食是山上的鼠李植物，还有在小块草地上散长着的青草，当然还有那因为充沛的阳光而在花朵中长着的羽扇豆和豆藤。绝大部分的植物都已经被啃食完了，剩下来的实在不够已经饥肠辘辘的羊儿啃食了，它们被迫分散开来。牧羊人和牧羊犬因为这个也很是受罪，他们只好四处奔跑这样才能保证把羊群控制在可控的范围之内。德莱尼先生和印第安人、中国人都返回平原去了，在离开之前他只是告诉我们，在他回来之前必须留在这个地方牧羊，并且向我们承诺自己离去的时间不会太长。

这天气实在太好了，很难想象还有什么天气比这里更为美妙的了，这微微轻柔的风儿，我实在不想把这安静的气流称之为风，更应该把它们形容成是大自然的呼吸，像是给大自然每个生灵吟唱着平静安宁的呼吸。营地所在的小山谷，大多数情况下都是安静的，树叶没有一点点动静。高挺着的百合花，一点点的微风都可以让它迎风起舞，不过我怎么都想不起来是什么时候看到百合花的舞蹈。这摇曳的百合花有着多么富丽堂皇的钟状花冠，大得都可以给孩子当帽子用了。看着这些百合花我一直在给它们画素描画，勾勒着那些闪着光且宽阔的叶子，包括带有弧形和斑点的花瓣。这是我见过的最为瑰丽，保养得最好的花园了。百合是斑纹百合（Lili-umpardalinum），每株大约5~6英尺高，有着1英尺宽的轮生叶，6英寸宽的花朵是亮橙色的，花喉的地方还有一些紫色的斑点，花瓣微微向外翻。我不得不说百合的气质确实十分高贵。

6月12日

今天又开始下小雨了，雨滴稀稀拉拉打在地上，溅起小小的水珠，重重地拍打着叶子和石头，再缓缓滴入花朵当中。东方升起了积云，那浮雕一般珍珠色的云朵和地面上高耸的岩石相得益彰，实在太漂亮了！天空中仿佛有着座座云山，有着成群的牧羊，仿佛是经过了精雕细刻，每一种轮廓都那样仪态万千，那样美轮美奂。如此形态和质地都丰厚的云朵是我第一次看到。每一天的中午时分，这些云朵都会用最清晰的动感态势向天空中膨胀升起，像是在创造一个新的世界。我不知道它们是用什么样清凉的云影和甘霖，深情地照顾着下面的每一片花园和森林的上方，以滋润其中的每一片花瓣和叶子，让它们健康地生长。或许可以把云朵本身就想象成植物，它们回应着太阳的呼唤，在全盛绽放之前一点点累积自己的美丽。雨水和冰雹对于它们而言更像是在撒播自己的种子和果浆，直至凋谢陨落。

山青栎（Mountain live oak）习惯于在这里和 1000 英尺或更高的地区生长，它们通常有外皮、树叶、树皮和枝丫蔓延的习性，加利福尼亚青栎也和这种原木坚硬、节瘤多、劈砍困难的树木非常相似。高大的山青栎通常都是独立生长，周围的空间延伸开来，靠近地面的树身直径甚至会有 7~8 英尺，树高有 60 英尺，树身的宽度和树冠相差无几，有时还会比树冠还宽。它的叶片小且不分叉，大部分边缘都没有锯齿状或是波浪纹，仅仅有些新生的嫩叶会带有锋利的锯齿边缘，在同一棵树上这两种形态的叶子都能同时看到。栎实的壳大概是中等尺寸，浅浅的凹斗，厚厚的壳壁，表面还覆着一层细小的金黄色容貌。不少山青栎并没有主干，它们只是在接近地面的部分开始分裂，分裂出了众多分枝，再由分枝抽出新枝，反复多次以后末梢就会蔓生出和绳索很像的长长细枝，低垂着。浓密善良和树叶繁茂的小树枝，数量繁多，形成了圆形的树冠，只要有太阳光的时候，那仿佛就是一团积云。

灌木罂粟（Bushpoppy，学名是 Dendromeconrigidum）是另一种拥有明显特征的植物，我在离营地不远的炎热上坡上发现了它们，这是我这么多次散步中看到的唯一草本罂粟植物品种。它们的花朵有着明亮的橙黄色，大约 1~2 英尺宽，果荚细细长长弯曲着，大概 3~4 英寸长。长满了罂粟的灌木丛高度有 4 英尺左右，很多又细又直的细枝由根部向外辐射延伸出去，与之相伴的还有很多石兰科常绿灌木和不少喜光的灌木。

6 月 13 日

内华达山区，今天仍旧是一个阳光灿烂的日子，这几天来我们好像已经融入了这山区，和这里的脉搏一起跳动无休无止。生命的长短本身是无所谓的，就好比树木和星斗，我们也不需要再去仔细要节省多少时间，这样一来就不必行色匆忙了。这才算是一种真正实在美妙的永恒，是真正的自由。一团团白色的云从远方的天空升了起来，天空顿时成了光滑洁白的穹顶，映着高大的黄松尖顶以及糖松如棕榈树一样的树冠，轮廓分明。快听，那滚滚而来的轰轰雷声，它翻过了一个又一个山脊，阵雨也随之而来，就好比是雷声忠贞不贰的伴侣。

从遥远的平原来的很多草本植物，因为高山的缘故才处于盛放的花期，这要比平原上它的朋友们晚了足足两个月。今天，我发现了几棵楼斗菜（Columbines）。蕨类植物在这里此时都到了盛放期，譬如长在阳光充足山坡上的岩蕨（Rockferns）、碎米蕨、旱蕨和蛇眼蕨（Gymnogramme），长在溪水岸边的狗脊蕨、三叉蕨（Aspidium）和岩蕨属（Woodsia），此外还有通常在沙质平原上常有的水凤尾蕨（Pterisaquilina）。这常见的水凤尾蕨到了这里却有了与沙质平原不一样的苗壮和葱茏之美，很多植物学家都会叹为观止。我量了一下尚未长成的水凤尾蕨，它们的高度已经有 7 英寸左右了。对这种分布广、十分常见的蕨类植物，我只能说长成这样的我几乎没有见过。它们有着极宽的叶肩，就在光滑短粗的根茎上方密密麻麻地生长着，彼此依靠，重重叠叠，看起来像是一块完整的天花板，人生之都可以在下面直立行走几英亩，丝毫不会有人发现，这就好比在屋顶下行走一般。透过这充满生命的"屋顶"，阳光射了下来，景象是那样的柔美动人。那一刻叶子上弧形叉开的纹理和叶脉清晰可见，仿佛是浅绿和浅黄的无数植物玻璃镶嵌在了一起，最稀松平常的蕨类植物营造出来的世界竟如此如仙境一般。

周围还有些更小的动物在游荡，让人有一种置身于热带雨林的错觉。一群羊在植物丛的一端消失了，随后又在100码外的另外一端重新出现，它们的行踪只能从那摇动的叶子里一探究竟。如此大的羊群经过了它们，让人感觉神奇的是居然只有极少数的根茎被碰断了，尽管它们也坚实得如木头一样。在最高的叶片下面，我坐了很久，为的是好好享受这份前所未有的乐趣，一种在野生植物天然造出的凉亭所有的乐趣，太叫人难忘了。头上不过是一片简简单单的叶子罢了，人们就可以由此摒弃所有世俗的烦恼，能感受到的只剩下美好、自由和宁静。而在叶子上方摇曳着的是好比大自然魔杖的松树，任何一个抱着虔诚心态的登山者都知道它有着什么样的魔力。只不过这种被苏格兰人称为寂静山谷中的"蕨"（Breckan），何尝有诗人愿意去歌颂如此奇迹一样的美？不管是谁就算是再仔细地去防备和抗拒，见到如此蕨类森林犹如上帝般的感染力他都很难避开。就在今天，当我看到有牧羊人要穿过其中的一片最美的森林时，他和他的羊群都几乎没有一点表情。我忍不住问他："难道你没发现这壮美的蕨类植物吗？"他回答道："哦，在我看来它们就是一大片蕨类植物罢了。"

这里有很多蜥蜴出没，它们有着各异的性情，分属不同的类别，甚至颜色也不同，唯一相同的就是它们和鸟、松树一样地快乐、友善。在大自然的阳光下，这些卑微、温顺的小伙伴们，在用自己的能力维持最大可能的生存。它们的工作和嬉戏是我最喜欢观察的。它们很快就同人类熟悉起来，如果长时间地凝视它们纯洁无瑕的眼神的话，那就会越来越喜欢这些小生灵。要驯服蜥蜴并不难，或许看到那在烫人的岩石上快速爬行的它们，人们就会爱上它们。由于大部分时间都在快速爬行，人们的视线要捕捉到它们并不容易，只不过它们极少长途迁徙，一般只是10~12码的运动后就会突然停下来，然后再继续跑，似乎它们的行程总是在这种快速跑动和骤然停止的转换中行进的。在我看来，停顿是蜥蜴们必需的休息，它们的气息短得可怕，要是长时间奔袭的话，它们就会上气不接下气，所以要捕捉它们只要让它们长途奔跑就可以了。蜥蜴身体的一半是尾巴，驾驭这么长的尾巴对于蜥蜴来说是件简单的事情，从未见过蜥蜴因为长长的尾巴而感到沉重不已，相反正因为尾巴可以自如地随着自己的前进意愿，十分轻盈地摆动。有一些颜色同天空一般的蜥蜴，看起来就如蓝鸟一样的明亮，另外一些灰色的蜥蜴，身上的颜色和布满地衣的岩石很相似，它们也习惯在岩石上面猎食和晒太阳。平原上的角蜥（Homedtoad）其实也是温和对人无害的生物。此类的蜥蜴中还包括了一种如蛇一般的蜥蜴，它们身体和蛇几乎无异，也是蜷曲着滑行前进，而小小的四肢并不发达，不过是身体上毫无用处的附属物罢了。我曾经很近地观察过一种蛇形蜥蜴，它长约 14 英寸，小小的、纤细的四肢从出生就没有用过，看起来好像新抽的小芽非常柔软、轻松且优雅，它滑行时的身体就和蛇一般轻盈。突然间有一只灰色的小家伙在我的脚下跑来跑去，还很狡猾地打量着我，看似同我很熟悉，很信任我。牧羊犬卡洛见状也一直在观察它，突然卡洛扑了上去，我心想卡洛一定觉得好玩，不料蜥蜴非常轻盈地从卡洛脚下跳了出去，像一支射出去的箭一般，瞬间就躲到了沙巴拉生态群后面的安全地带。这是飞蜥（Dragon），古代强大物种的后代，它是十分温顺的一种蜥蜴。我只愿祈祷上帝保佑这样的小生灵，让人们都了解它们的性情。直到现在，并不是所有人都知道它们除了可以为我们提供蔽体的鳞甲外，它们本身也是非常柔软且可爱的。

如果往前追溯到并不遥远的地质年代之前，居住在这里的有乳齿象（Mastodons），还有大象，这一点可以从矿工们淘金时发现的众多遗骨来证明。这里生活着很多物种的动物，比如加利福尼亚狮子（Californialions，也可以称作美洲狮，Panthers）、山猫（Wild-cats）、狼、狐狸、蛇、蝎子、黄蜂和狼蛛（Tarantulas），还有两种以上的熊也在这里生活。不过有时候，这里的一种野蛮的小黑蚁让我们不得不承认它们才是这广袤山野中的大王。尽管它们只有 0.25 英寸长，可是这种什么都不怕且好斗的小魔鬼，比起任何一种我们了解的动物都爱好争斗和撕咬。蚁窝边的任何生物都是它攻击的对象，而且据我的了解这种攻击通常没有理由。它们有着如冰钩（Ice-hooks）一样弯曲的颚，它几乎占据了身体的大部分，也是它们战斗时的武器，而战斗也恰恰就是它们生存的主要乐趣和目标。它们一般会习惯把领地设在带点腐烂或是中空的长青栎里，因为这里对于建造蚁窝来说最为方便。长青栎之所以成了最佳选择，也是由于此树种的强度足以用来抵挡动物和风暴的袭击。小黑蚁们没日没夜地工作，在黑暗的洞里、高耸的树上、清凉的沟壑里以及炎热的山脊上都有它们觅食的踪迹，每一条它们爬过的大路和小径似乎都能延伸到所有地方，当然水里和天空除外。它们几乎可以感知到从山麓丘陵到海平面以上 1 英里所有区域里的风吹草动，然后用惊人的速度把这个讯息传达出去，传达的方式不存在任何一点我们可以察觉的嘶吼或是呐喊。我无法理解究竟它们如此好斗的理由是什么，这仿佛是天生注定的。当然它们也有保卫家园的战斗，只不过它们的战斗实在太过频繁，不论在什么地方，什么时间都能下口撕咬。一旦在人或是动物身上找到弱点，它们就会用自己的颚狠狠地咬下去。即便是撕掉的腿，它们还是会锲而不舍地咬住，越咬越深直到最终死去为止。当我一想到如此凶残的动物之所以能广泛生存下来，且铸造出森严的壁垒时，我就会意识到人类的世界也是需要和平和友爱的规则的，因为我们还有很多事情要做。

就在回营地的几分钟前，在我经过的路上有一棵已经枯死的直径约 10 英尺的松树。松树因为从根到顶都被火烧焦了，像一根高高的黑色柱子伫立在那里，仿佛纪念碑一般。有一种又黑又亮的蚂蚁就在这威严巨大的柱子里建立了自己的王国。为了建立自己的通道和蚁室，不论是完好的还是腐朽的木头，蚂蚁们都会竭尽全力地去啃咬。就它们啃咬下来的木屑体积来判断，树干应该已经成蜂巢状了。啃咬下来的木屑好比是锯末被堆在树根部的周围。相比好斗的小黑蚁，这种大蚂蚁的行为举止要文明温和许多，也更聪明一些，它们只在需要战斗的时候进行战斗。通常小黑蚁会把自己的王国建在已经倒地的树干或是直立着的枯木上，一般不会选择还生长完好的活树或是地下。

要是有人恰好在蚂蚁王国附近休息或是停下来做笔记的话，一定会有四处游荡的"小猎人"会发现目标，它小心翼翼地接近目标，先对入侵者进行观察再做决定要如此对付入侵者。假设人离它们的王国还有一定距离，且保持静止的话，它就会在人身上爬来爬去，有时在腿上、手上、脸上，有时还会爬到裤子上去观察和侦察这个入侵者，就好像在综合评估自己的对手，随后不发警报又安静地离开。可是一旦它觉得这个入侵者具有诱惑性，或者是人们做出一些刺激了它的举动时，它就会毫不犹豫地咬下去，那是非常可怕的一口啊！我可以想象，即便是狼或是熊咬的也未必能与之相比。一瞬间，咬下的地方会将痛楚触电般地传达到感受疼痛的神经，自己也会第一次感觉到自己的感知器官是那样的敏锐。被咬之后的剧烈疼痛会让自己一下子神志不清。等到恢复神志的时候人们才意识到要尖叫，然后去抓那小动物，再不知所措地盯着这小东西。

不过人们并不经常会被咬，一辈子最多一到两次。这带电的神奇蚂蚁一般有 3/4 英寸长。熊是它们的天敌，熊会将它们小小王国所在的木头撕裂和啃咬成碎片，再很粗暴地把所有卵、幼蚁还有当了父母的成蚁，以及蚁穴中的木头都杂糅在一起，当成了自己最美味的肉末大餐。掘食族印第安人对这种蚂蚁也很感兴趣，甚至是幼虫。我曾经听老登山者说过，掘食族印第安人会先把蚂蚁头咬掉，然后慢慢去享受那带着酸味的摇摇晃晃的蚂蚁身体。可怜的啮食动物反倒遭到了他人的啮食，和大自然当中的其他啮食动物一样，它们也有了类似的下场。

此外，还有一种十分漂亮、活跃且具有灵性的蚂蚁，它们是红色的，大小在上面两种蚂蚁之间。它们的活动区域主要是地下，它们的巢上面被覆盖上了堆堆的果壳、叶子和稻草，它们以昆虫、植物叶子、种子和树的汁液为主要食物。这么看来大自然要喂饱的动物还真是多啊！对我们来说，居然有这么多的动物生活在我们周围！而我们却对它们那么不了解！我们与之相遇的次数又是那么少得可怜！其实除了蚂蚁以外，还有成千上万、不计其数的微小生物，甚至肉眼都看不见，和它们相比，蚂蚁也成了巨型动物了。

6月14日

　　飞流而下的大小瀑布猛烈的冲击形成了这附近大大小小的盆形水潭，它们的水质都非常清澈干净，一点岩屑都没有。因为瀑布甩掉下来的大岩块都在离水潭不远的地方堆积了起来，好比一座大的堤坝，而随着急泻而下水流的侵蚀，水潭尺寸也变得越来越大。可是到了春天，上游的冬雪融化，支流的水量增大，瀑布更是咆哮而下，原本堆积起来的堤坝被冲开，一路从河岸冲到了山坡，一切开始发生骤变。原本在夏天和冬天掉到水道里岿然不动的大圆石，因为春洪的到来，水流猛地一推，就好比是巨大的笤帚扫过一般，圆石都纷纷被瀑布冲进了水潭，又和原来堆积的大岩石堆在一起，筑造起新的堤坝。而那些小一点的圆石则会被巨大的力量推向更远的地方，纷纷卡在和自己的形态相当的各个地方。每一块圆石都会因为自身存在的阻力在某一处大于水流的冲劲而找到自己的栖息之地。通常一般的春洪是不会带来瀑布、水潭和堤坝三者之间的变化的，唯有那不定期出现的超常洪水才能引来这巨大的变化。就在被洪水冲击出来的圆石堆上面还长着一些树木，它们在那里就足以证明在一个世纪或是更长的时间之前，这里曾有洪水来袭，那场洪水几乎移动了所有活动的东西，让所有的圆石都有了一次奇妙的旅程。在那些可能会有洪水的夏天，号称"爆炸云"的滂沱大雨降临到有众多支流且宽广陡峭的山谷中，那巨大的洪流会像犁田一样犁出道道沟壑，汇合所有的支流聚集成巨大的主流，携着汹涌而下的千钧威力，形成声势浩大的洪流。只不过这一洪流的生命太短，瞬间之后就会宣告停歇。

离营地最近的一道瀑布，就在它脚下水潭的堤坝下方有不少远古洪水所遗留下来的大砾石，其中的一块正稳稳地伫立在溪流中央。这是一块有 8 英尺高的花岗岩，呈立方体状，顶上和四个侧面凡是在常规水位之下的都长着绒毛般的苔藓。我今天特意爬上了这块巨石去休息，居然发现这个地方才是我看过的最浪漫的地方，因为这是一块少有的岩顶平整、布满苔藓的巨石，可即便是这样也不失光滑。它就那样方方正正地伫立在那里，如祭坛一般。它面前的瀑布长年累月地用细细的水流沐浴它，这也能保证它上面的青苔时时清新翠绿，下面则是清清的水潭，水流时不时会激起泡沫。身边有不少百合花围成了半边，低头向着巨石，就像是一群仰慕者。盛放着的山茱萸（Dogwood）和桤树相映成趣，达成了一个可以过滤阳光的拱形。半透明的叶子造就了美妙的天花板，这其中的凉意有多少宁神静气的效果啊！流水的声音就像婉转的音乐，瀑布的声音就好比是低沉的男低音，水花四溅，水声淙淙。水流经过如小岛一般的砾石，再顺着蕨类植物的河床流淌，击打着千千万万个石头，发出来的声音错落有致。这一切都发生在那美妙的"天花板"之下，各种声音的动静也都在短短的距离当中产生，处在其中的人就像置身于一个幽静的房间中。一时间，圣洁的感觉油然而生，叫人忍不住产生见上帝的念头。

天黑后营地开始安歇下来，我慢慢地沿着原路摸索到了那块如祭坛的巨石边，那一夜就在巨石上度过了。我在流水之上，又在树叶和星斗之下，这一切比白天我所见到的更让我震撼。瀑布造就的水帘微微泛着白光，仿佛带着庄严的热情去吟诵大自然最古老的情歌，星星也透过"天花板"怯怯地向下望，也想加入瀑布的吟唱当中。这一晚多么珍贵啊，和白天一样珍贵地留存于我心中。谢谢上帝给予了我如此珍贵的礼物！

6 月 15 日

又迎来了一个生机盎然的清晨。绵延的山坡上洒满了阳光，松树也像是披上了金色的外衣，每一片针叶都如同受到了鼓舞，动物们也满心喜悦地沐浴。在桤树和枫树丛中，知更鸟正在吟唱，古老的旋律回荡在整个盛满上帝恩泽的大陆地区，四季都因此甜美欢快起来了。空旷的山林里的知更鸟和农民果园里的一样自得其乐。还有黄鹂鸟（Bullock'soriols）和路易斯安那唐纳雀（Luisianatanager），也有刺嘴莺（Warblers），与其他如游吟诗人一般爱歌唱的鸟类（Troubadours）相比，这些鸟儿似乎更愿意筑巢的工作。

我还看到了一棵直径约为 6 英尺，十分华美的金杯橡树（Goldcupoak），还有一棵直径约为 7 英尺的道格拉斯云杉（Douglasspruce）以及一棵大约枝茎有 8 英尺，开了 60 朵玫瑰色花朵的蔓百合（Strppholirion）。

糖松有着圆柱形的松塔，大部分的顶部都是圆锥状的，底部则是圆形。今天我发现了一个长 24 英寸，直径约莫是 6 英寸的松塔，它的鳞片已然被打开。另外还有一个 19 英寸的松塔。通常成熟的松塔长度约为 18 英寸。海拔在 2500 英尺左右的林带下缘，那里的松塔会小一些，大约是 12~15 英寸，海拔到 7000 英尺或是如优胜美地那样更接近其生长上限的地方，松塔也比较小，大致也是这样的尺寸。我的研究兴趣因为如此高贵的糖松的存在而永不枯竭，我会从中寻到永远的快乐。我一刻也不厌倦地欣赏着它们，凝望那硕大的，如流苏的松塔，再观察那有 100 英尺左右的浑圆的树干，我还会看它带着紫色的树皮，包括那向外蔓延、微微向下弯曲的羽毛树叶。所有的枝叶看起来好比一顶皇冠，人们看上去轮廓是那般清晰，惹眼且令人欢喜。

就习性和外观来说，糖松和棕榈树在某个层面上说是很相似的，但是我从未见过有这样帝王气质和神采的棕榈树。这种尊贵的帝王气息似乎无时不在，不管是阳光下的静穆和沉思，还是狂风暴雨来临时松叶的战栗和颤抖。初长的糖松，和其他针叶树没有区别，都有着笔直的外形。长到50~100年左右的糖松就开始各有各的样子了，因此凡是壮年或是老年的松树，几乎没有两棵是完全一样的。每一棵树都有让人钦佩之处。我始终在给糖松画着素描，可惜的是我做不到把每根松叶都画出来。据说，最高的糖松能长到300英尺，可是我量到的最高还只有240英尺左右。我见过的糖松里最大的距离地面的直径有10英尺左右，不过据说最大的糖松直径可能会达到12~15英尺。糖松的树干一向都非常粗壮，只不过高度越高树干就会越细，这变化肉眼是很难察觉的。

黄松通常和糖松一起生长，它也很是高大。树龄不高的黄松有着银色的细长松针，向上挑起的枝丫和上方的嫩枝会在黄松的末端形成圆柱形的树丛，只要有风，松针就会沿着某一角度吹向同一个方向，那时候的黄松就好像是跳跃着亮亮太阳的火焰塔。这么说来似乎应当把黄松称为银松才是。黄松的松针一般都会有1英尺多长，这和佛罗里达州的长叶松树相差无几了。尽管黄松尺寸和糖松没有太大差异，但是糖松的恶劣环境耐受性要远远低于黄松，可是黄松的习性和外观却不如糖松。黄松上较小的松塔是成簇地生长在松针间，没有什么特色，非常普通，也很僵直。试想一下如果没有糖松，黄松或许是松树界的王者，毕竟在众多在风中摇曳，对神灵表达着崇拜之情的松群中，黄松显得最为显赫辉煌。如果它们是机械打造的雕塑的话，那么它们的气质是那样的高贵。黄松的每个细胞，每根纤维，每根泛着银光的大枝条，都搏动、流淌着丰富的生命力。黄松在天空下度过了上百年的高贵岁月，它们自身就是植物王国的神祇，可以让一代代人瞻仰、热爱和尊崇。就在这里或是海拔更高的地区还有不少夺人眼球的喜光多脂植物，如翠柏（Liboceldrus）、道格拉斯云杉、银杉（Silverfur）、美洲杉（Sequoia）等。在神的眷顾之下，这山脉继承了多么丰厚的遗产，就是这片牧场让我们看到了如此青葱的树木啊！

太阳下山了，西边布满了绚烂绮丽的彩色云彩，所有事物都因此变了模样，远处映着余晖的派勒峰山脊，所有的树都静静伫立着和太阳挥手告别。一切景致都非常肃穆庄严，就好像从此后太阳和树木就永远告别了。慢慢淡去的日光打破了色彩的魔法，星空下的树林在夜风当中自由地呼吸着。

6月16日

今天一早，在所有人都没有察觉的情况下，一位从布朗平原来的印第安人潜入了我们的营地。那时候我还坐在一块石头上细细地看着我的素描作品和笔记，偶然间的一个抬头看到了几步之外的他，阴沉着脸，我吓了一跳。他站在那里一动也不动，好像是一棵矗立了不知多少年的老树，饱经沧桑。似乎只要是印第安人就一定会这种让人毫无察觉的、神奇的行走方式，这和我一直在观察的，能自我隐身的一些蜘蛛的行为颇为相似。这一类蜘蛛只要有一点点风吹草动，它们就会在自己织的弹性十足的网上跳来跳去，而且动作很迅速，譬如一只鸟掉进了它结网的树丛，人们就会看到它上下跳动的模糊身影。印第安人比它们还要强，几乎在没有遮蔽物的情况下，他们也能悄然行动，无论是谁都察觉不到。只有在原始的狩猎和战斗的严酷训练下，才可能慢慢获得这样神奇的本领。他们通常是先小心翼翼地接近猎物，然后突袭，最后在被迫撤离的时候安全脱身。这种经验在印第安人那里代代相传，最终成了他们的一种可为人笼统称作"本能"的本领。

在我们周围的群山都有着光滑的表面，而且没有变化。羊群活动的范围里，几乎很难看到人类和其他动物的踪迹，除了小溪边的那一小片空地，还有稀松、光秃的林带。只有在比较开阔的带状或是块状的光滑空地上，才会出现鹿的踪迹，这很容易让人联想到熊的大脚印，包括很多小动物的脚印，这一些如同静止的钩织编结或是刺绣的装饰品一般的脚印确实很少见到。人们顺着主要的山脊和大河的支流，可以一点点地寻到印第安人的小径，这很困难，因为它总是不那么清晰。印第安人在这片林地上活动了多少个世纪谁也不知道，可能已经很久很久了，远远早于抵达美洲海岸的哥伦布。可是奇怪的是他们从来没留下清晰的痕迹。印第安人的脚步非常轻巧，他们甚至比鸟儿和松鼠对自然景观的伤害更小，他们的小屋是用灌木和树皮搭建的，那要比林鼠造的窝维持的时间更长。他们保留下来最为持久的、具有纪念意义的遗址经过几个世纪之后也会消失得无影无踪，当然这不包括改善狩猎场而在森林里纵火留下的痕迹。

大部分的白人和印第安人的做法差异巨大，尤其是在低地淘金的那些人。他们高调地炸开岩石，修造公路，还在原始的溪流上建造堤坝从而改变溪流的流向，为的是要驯服它们沿着自己所希望的方向流动，溪流从此成了奴隶为白人在矿山工作。穿过一个又一个山脊，溪流在高空架设出来的支架上流动，仿佛踩高跷一般，还有一些就是在峡谷和小山之间上上下下奔流。有些地方，溪流还被囚禁在铁质的水管里面，水管在水流的作用下撞击地面，撞掉了绵延几英里的小山和山峦的地表颜色，凡是含金的溪谷和平原因此而变得千疮百孔，不堪入目。短短几年的时间狂热的白人在这里留下了无数的痕迹，数百英里以外的山脉也布满了他们的工厂、村庄和田地。大自然总是在竭尽全力地繁衍生物，培育大大小小的花园，冲刷旧的堤坝和水槽，推平沙砾堆和石堆，治愈新鲜产生的伤口，只不过这个过程要持续很长一段时间。淘金潮如今已经过去了，老矿工都已经白发苍苍了，他们相比从前冷静了许多，但仍旧在废弃的矿坑当中维持自己的生计。不过石英工厂还在继续轰隆隆地生产着，持续的爆炸声给予大地的伤害同几年前铲子锄头淘金的时代要小许多。内华达山区，最幸运的是此处大部分含金的板岩都分布在山麓丘陵地区，所以在我们扎营的地方很多原生态的景致都还保留着，远远的高处还有皑皑白雪覆盖，就好比是平滑无痕的天空一样。

昨天仍有一些小山状和穹顶状的云块在天空当中，今天的天空中万里无云，什么都没有了。没有了云彩遮挡的阳光格外温暖、白皙，很是宜人。在这个伴随着大自然搏动心跳的春天，山区最大的魅力就在于能有如此平静的气候。夜晚时分，有微风从山顶拂来，白天，又有从海洋、低地的丘陵和平原吹来的凉风，除此外还有安宁静止的空气，因此叶子没有一点动静。因此这里的树木确实不懂风的历史故事。

羊儿和人一样只要饥饿一来就无法自持了。羊群就仿佛是蝗虫一样，把营地方圆一两英里内所有的叶子，只要是够得着的都吃光了，仅仅是我守护着的"百合花园"除外，就连灌木丛都一点不留。牧羊人和狗尽管也在看管这群羊，但是羊儿们还是分散到了罗盘所指的各个点上，灰尘隐藏了它们的身影。我确实有点担心羊儿走丢了，之前 16 只黑羊中已经有一只走丢了。

6月17日

今天早上，一只只的羊儿从狭窄的羊圈口里往外蹦的时候，我们清点了一下，不见了300只。牧羊人不想花时间、花精力去找回它们，只好让我去了。我打算和卡洛一同出发，先是在自己的腰间拴上了一块硬面包，朝着派勒峰的高处走去。尽管我的任务是去寻找那些跑丢了的羊，但是这一天我还是过得十分愉快的。为了羊群出去的我，确实不枉此行，我看到了地平线上环绕着一圈细细的，特别的白色光晕，同蓝天一起融合，这和常常看到的晨光中的光晕很是相像，空中仅剩下的那片干薄的云彩仿佛是画笔画出来的，浅浅的毛茸茸的，好比是梳理过的丝。我径直向羊群经常活动的区域走去，想到那里去找找羊群，居然发现了有离群羊儿的踪迹在那里。一路我追着这山脊而上的足迹，想顺着气味寻找，最后我发现了那一群已经怯生生地挤在一起的羊儿。显然，它们在这个地方已经足足待了一夜，即便是天亮了还是不敢出去觅食。那时候它们就像我们熟悉的一些脱离了管束的人们，即使获得了自由却也不知道该如何去享受自由，它们似乎更愿意回到关住自己的牢笼中去。

6月18日

这是另一个让人兴奋的清晨，我很难想象会有比这里还好的地方存在。很多对于天堂的描述我都读过、听过，但真正的美好似乎还不到这里的一半。到了中午，白云仅仅占据了天空的5%，那一片仿佛是用白色的、轻柔的、朦胧的笔在蓝天上画上的小小画面。

这群像蝗虫一样的羊群还没爬上山脊高处和山顶，所以那里的蝴蝶薄荷（Monadella）、山字草（Clarkia）、金鸡菊（Coreopsis）以及众多的草丛都还快乐地生长着。有一部分草丛在随风摇曳的时候还带着松树的神采。很多羽扇豆属的植物在这里生长，只不过已经过了花期，不少菊花也开始凋零了，曾经闪着亮光的花冠在毛茸茸的冠毛中一点点消失，仿佛隐没在薄雾中的星辰一般。

有一位客人从布朗平原上来，那是一位背着篮子的印第安老太太，她突然造访了我们。如同上一次村里来的那个客人一样，她也是悄然地进入营地中心，当我们发现她的时候，她已经在我们眼前了。她在那里待了多长时间我并不知道，她默默地接近我们，就连营地里的狗都没有发现。据我的猜想，她是要去采集羽扇豆和含有淀粉的虎耳草叶子和根茎才过来的，或许是去某个野生花园的路上。老太太身上穿的是印花棉布的衣服，但是很破很脏。和这里的众多动物一样，太太一定也是靠山吃山，所有的生计都来自于大自然的恩赐，不过她同众多干净和漂亮的动物有着很大的区别，让看到的人总感觉心有戚戚。确实很怪，好像只有人这么脏。她如果身着皮毛，或者是草叶和树皮编织的衣服，就是同刺柏（Juniper）或是翠柏编织出来的席子那样，或许同荒野中的其他成员会更像，最起码和体面的狼或者熊非常像。可是不管站在什么角度去看，我都觉得是贬低了印第安人。他们似乎和其他我们熟悉的衣着考究，只会吓坏鸟儿和松树的游客差不多，和大自然并不融合。

6月19日

又是阳光普照的一天。岩石在树叶绿荫的映照之下很是秀媚。长青栎的树叶绿荫非常清晰别致，即便是再精美优雅的艺术在它们面前都相形见绌。静止的它们像是岩石上的一幅画作，轻轻滑动的时候很是担心有噪声来临，飞舞的时候又同华尔兹一样敏捷，甚至是兴奋地旋转，有时候还会急速地拍打悬崖峭壁多彩的波浪，阳光沐浴之下上上下下在岩石边上翻动着。我看到的树荫之美是如此真实、丰富啊！在我看来这美是尊贵的铺张美，也是翻倍增长的美。橙色的百合成片成片地向外展示叶子和花朵，那样的光彩夺目，它们展示着唯有高雅植物才有的健康风采，只有它才是自然的宁馨儿。

6月20日

今天早上，几只羊儿傻傻地像苍蝇一样被蜘蛛网缠住了，死死地困在了灌木丛当中，丝毫没有脱身的可能。好在卡洛发现了可怜的它们，试图从最易走的道路上解救它们。羊确实没有狗聪明啊！再不会有哪个朋友能如卡洛一样始终忠诚如一的了！圣伯纳犬家族的荣耀无疑就是卡洛了。

有香脂、树脂和薄荷的香味在空气中弥漫，沁人心脾，不断地呼吸这清新的空气就会感谢上帝给予我们的馈赠。谁能猜到，荒原如此荒蛮却也如此细腻，如此美好！这如同帝王一般的圆顶亭阁，我们就像是在其中正欣赏着用香味、音乐和景色上演的一出美妙的大戏，每一个道具和动作摆得那样兴趣盎然，每一分每一秒我们都不会有平淡的感受。上帝尽自己的所能去同凡人一般洋溢着最灼热的热情。

6月21日

我在沿岸边一路向"百合花园"走去。我最钦佩和惊讶的是莽原上的那些完美的百合花。每一潭潭水的岸边，还有那板岩的凹陷处都是百合花盛开的地方，它们把根深深扎进黑色的沃土中，吸收水分而且不怕有水害伤害它们。在它们光洁高挑的花梗之上有许多平滑轮生体的叶子，同花瓣一样的精美。百合在生长的过程中似乎对每一份光和热都有准确地测量，光和热在越过上方倾斜的树枝时，经过了过滤和调节，更适合百合的生长。中午时分常常有暴风雨来临，不管有多么强烈，它们都丝毫无损。百合花下面还有很多灰藓科植物（Hypnum）生长，它们像是在地上铺上了美丽的地毯，边上布满了蕨类和紫罗兰，以及一些雏菊。每一种在百合花周围的花儿都无比的清新可爱。

今天的天空里仅有一片白色云团，看起来像孤零零的山峰，光和影让它有了丰富的姿态。云团构成的巨大穹顶和向外凸起的浮雕般山脊共同夹在空谷和沟壑中，有着难以预料的色彩变化，语言和文字在它们面前都太过贫乏。

6月22日

很不寻常的一天，多云，天空中到处弥漫着薄雾般青云，更有带来周期性降雨的积云，后者几乎霸占了75%的天空。

6月23日

多么宁静、辽阔的山居时光，不但适合人工作还适合人休息。太阳温和的光照使得万物都看起来那般神圣，我们忍不住要打开所有的窗户去和上帝会面。不论一个人的身体有多疲倦，只要过上一天这样的山居生活，再劳累的他都不至于在路上晕倒。不论他是长寿还是不长寿，他的人生不论是经历狂风暴雨还是平淡无奇，看起来都会非常丰厚。

6 月 24 日

常规的云亮，还有雷声。牧羊人比利在羊群上的麻烦事太多。他告诉我们自从发明了羊毛和羊肉开始直到现在，他没见过有哪个羊群带着如此多的邪恶。他说到，如果以后再有羊走丢的话，不管多少只他都坚决不会去找了。比利分析，他去找一只羊就有可能又走丢 10 只羊。这么一来，只剩下我和卡洛去找丢掉的羊了。比利有一只小狗叫杰克，它也是个麻烦鬼。每天晚上杰克都会从营地出走到布朗平原去找它的邻居。杰克不是什么优秀的品种，就是一只非常普通的小狗，但是它对爱情和战争有十足的激情。每一天它为了能从营地离开，都要咬断所有绑在它身上的绳子和皮带，而比利又一次次地把它从长满了灌木的山上拉回来，最后比利不得已只能把它绑在木棒上，一头是它下巴上的项圈，一头是结实的小树。只不过小狗利用这木棒做了杠杆作用，夜里它反复扭动，最后磨断了拴在小树上的绳子，它又可以踏上自己熟悉的路，尽管还拖着那拴着它的棒子，一路来到安全的印第安人聚集区。

比利在它身后紧随而来，很不客气地打了它一顿，还恶狠狠地骂道："今晚必须好好教训一下这昏了头的骚狗。"最终比利把杰克拴在了一个同它体重几乎相当的荷兰烤箱的铸铁盖子上面。铁锚一般的盖子直接系在了它的项圈上，就在它下巴的正下方。这一次杰克再也无法动弹了，只好无精打采地站在那里一直从白天到夜里。它待在那里，不能东张西望，甚至无法躺下，若不是用前爪尽力向盖子外面伸的话，是不能把自己的头伸到两爪之间的。不过，就在天亮之前，我们突然听到远远的高山上传来了杰克的一声又一声的狂吠，事实是那沉重的盖子也没用。杰克很显然是直立起后退走路，或者是慢慢爬到那里，盖子还是如沉重的盾牌一样贴在它的胸前，好比一个套着可怕盔甲要去迎接挑战的战士。第二天晚上，比利生气地将小狗、锅盖还有其他的很多东西都绑起来，丢进了一个装豆子的旧麻袋里了，这一次杰克彻底失去了逃跑的可能。离家之前的杰克被响尾蛇咬了，它的头和脖子连续一个星期都肿得比正常尺寸要粗很多很多。尽管如此，杰克仍旧非常活跃，直到痊愈。其实它得到的唯一治疗就是每天都往它中毒疼痛的喉咙里强行灌 1~2 加仑的新鲜牛奶。

6 月 25 日

虽然这个营地是牧羊的营地，但是我们已经觉得如此气象万千之处已然是我们最温馨的家了，而且这感觉日渐增长。离开会让我感觉难过不已。迄今为止，羊群还没践踏"百合花园"。我打心眼里很同情那沾满尘土、有着乱蓬蓬头发、始终饥饿难耐的羊群们，每天它们都要走上好几英里的路才能吃到足以喂饱它们的 15~20 顿灌木和青草。

6 月 26 日

纳托尔（Nattall）的山茱萸花花期时节开得十分绮丽且鲜艳。盛放的花让整棵树都变得雪白，花儿的花苞大概 6~8 英寸宽。山茱萸如果长在溪流边上的话，大概高度在 30~50 英尺左右。要是能独立生长的话，山茱萸的树冠会非常宽阔肥大。一群又一群蝴蝶、蛾子以及其他长着翅膀的生物都会被山茱萸那张扬的花苞所吸引，两者之间应该是相互满足，相互受益的吧。山茱萸花生长期间要有大量的水滋养，是一种和桤树、柳树和棉白杨（Cottonwood）一般的"饮水大户"，只要是在溪流边的山茱萸就会长得很好。在离溪流很远却潮湿的峡谷中，山茱萸也长得非常欣欣向荣，一般来说它们会长在松树之下，只不过相比溪流边的山茱萸，峡谷里的树型小了不少。到了秋天，山茱萸的叶子都成熟了，有红色、紫色和淡紫色，看起来十分妩媚动人，不管周围有什么样的花朵都相形失色。还有一种在山坡阴面生长的山茱萸，它们会像灌木丛一般茂密生长，有时候人们把它称之为黑实山茱萸（Connussessilis），羊群常常会吃掉它们的叶子。

远处传来了一阵阵雷电的声音，除此外我们还听见了时而轰隆隆，时而隐隐约约的巨大回响。

6月27日

在去派勒峰山脊顶的清凉山坡上，大量地生长着鸟喙形的加州榛树（Beekedhazel，学名是 Corylusrostrata，Var.Californian）。我们的祖先凉爽故园中的橡树和石楠树（Heaths）同这种榛树十分相似，具备了有特别吸引力的因素。在我看来应该是把所有爱那些树木的感情都转移到榛树上了吧。这种高度大概为 4~5 英尺，长着柔软多毛的叶子，摸起来非常束缚。印第安人和松鼠钟爱榛树的榛子，于是热衷于摘采这样的坚果。今天的天空和平常没有什么差异，蓝色背景下到了中午后还会有白云来装点。

6月28日

处处都充满了暖意的夏日，太阳光炫目地晃动着，震颤着人们的神经。松树的松针和杉树的叶子到这个时候发育得差不多了，它们都发出了晶莹的光泽。晒得烫乎乎的石头上趴着亮亮的蜥蜴，在营地附近生活的它们已经大部分被驯化了。我们的每一个动作它们好像都非常关注，还好奇地观察我们，从不担心自己会遭到伤害。它们有时候会扭头看看，有时候会摆出漂亮的姿势。温和单纯且毫无心机的蜥蜴们有着充满魅力的双眼。我想在离开营地的时候，我一定会十分难过的。

6月29日

最近，我正在和一只小鸟试着做朋友，它是在瀑布和河流的干流上飞来飞去的一只很有意思的鸟儿。尽管从身体构造上来说它称不上水鸟，但它一直在水中觅食且从不离开溪流。它脚上没长蹼，可是一旦在水中觅食就如同鸭子和潜鸟一样大无畏地扎进激流旋涡中，还能用翅膀去游泳。在水浅的地方寻找食物的时候，它会习惯把头扎进水里，一会儿抽出来扭一扭，很是欢乐活泼的模样，吸引了不少人的注意力。它有着知更鸟一般大的身体，翅膀短且轻快，很适合在水中游泳或空中飞行，尾巴大小合适，微微向上翘，乍一看那上下点动的尾巴有点像鹪鹩（Wren）的样子。这小鸟全身灰色还带点蓝，头部和肩膀还有一部分褐色。它们时常在瀑布和瀑布、激流和激流之间用坚固的翅膀飞行，啪嗒啪嗒的模样也很像鹪鹩的翅膀。沿着曲折迂回的河流飞翔的它们，有时也会选择在突出水面的岩石或是搁浅的树枝上降落。和其他鸟儿不一样的是它们从未在方便干燥的树枝上降落。这鸟儿可以做出每一个你能想象的奇特优雅的动作。这小家伙还擅长唱歌，歌声非常甜美，有别于尖利强烈的声音，宛如歌鸫（Thrush）的鸣啭或是悠扬的笛声，不至于低沉地喧闹，人们几乎很难从它们那精力旺盛活泼跳跃的模样去想象那声音。

溪流最美的地方一定是气候宜人，还有阴凉的树荫和潺潺的流水，瀑布飞溅起来的水花化解了暑气的炎热，这鸟儿生活得那样的惬意。没日没夜它们都在聆听源自溪流的音乐，也难怪它们的歌声如此动听。这小诗人呼吸的每一次气息都是它的歌词，环绕在瀑布和溪流周围的空气和它们的歌曲互相融合，似乎在它们出生之前，这最初的音乐课就开始了，它们还是蛋的时候，就已经和瀑布一同激动、震颤，并与它们的音调和频率互相协调。虽然我还没发现它们把窝搭在什么地方，但有一点我很肯定，从不离开溪流的它们一定把窝搭在了溪流附近。

6 月 30 日

时晴时阴，天上的白云白得发亮。高大挺拔的松树沿着派勒峰山顶密密麻麻地长着，不过在天空背景之下，它们看起来只不过是 6 英寸的微型模型罢了，景致的轮廓为绸缎般的背景所勾勒出来。今天的云约占了 25% 的天空，不下雨。6 月就在难忘的情绪中结束了。美无法测量，如同溪流，也像是在太阳照射下的大江大河或是海洋一样，历书上的任何加减都无法将其切割成一段段的，它就是连续不断且安宁喜悦的美丽溪流。每日清晨，快乐的植物还有周围的动物伙伴们都仿佛在呼唤着我从死死的沉睡中醒来，它们在说："快点醒来啊，快点享受快乐吧，快点来爱我们吧，快点和我们一起歌唱吧！快来啊！"这个 6 月是我这一生经历过最真实、美妙、自由的一个月，每每回忆起营地树林里寂静、浪漫如魔法世界一样的平静，我就会想起那永恒的没有丝毫束缚的自由。过去的一个月里，上帝似乎赐予了万事万物最原始的光芒，让它们变得神圣、光润又纯净，那是过去和现在，还有未来的一切事物都玷污不了或是抹不掉的。

7月1日

盛夏来了，绝大部分的种子都离开荚和壳，它们都纷纷远去寻找命定的家园。还剩下一小部分种子则留在了原地扎根生长，大批的种子会在风的作用下离开父母，去往陌生的地方。雏鸟们身上也有丰满的羽毛，它们具备了离巢的能力，只不过父母仍在照顾、保护、喂养和教育它们。这是一幅多么美妙的家庭生活图啊，也难怪我们都喜欢鸟儿。

松鼠是我喜欢观察的动物。这里主要有两种松鼠，一种是加州灰松鼠，体型硕大一些，还有一种是道格拉斯松鼠，体型小一些。道格拉斯松鼠是我所知的最聪明的松鼠，它们有着非常旺盛的生命力，长着尖尖的脚趾，似乎每一棵经它们攀爬过的树都会因此感到疼痛。这清新山野几乎将所有的精华都浓缩在它们身上，让它们活力四射，充满勇气，远离疾病。这样的动物几乎很少生病或是感到疲惫。它们认定了这山野是它们的，所以不容许有牧羊人、狗和羊群的存在。就看看它们是如何露出凶相瞪眼、龇牙、吹胡子对待牧羊人和羊群的样子就知道了。要是不是因为它们是体格迷你的小家伙，还真会以为这家伙很可怕呢！我对它们的成长过程很是好奇，我知道四季轮回都在树上安下节孔一样的家的它们是如何生活的。很奇怪的是，我到现在为止都没有找到过幼年松鼠的窝，或许是因为它们是大西洋海岸红松鼠的近亲，也是经由北方不断向大森林里迁移而来的吧。

加州灰松鼠是外形最佳的松鼠之一，在我们所有毛茸茸的邻居中它的趣味性也仅次于道格拉斯松鼠。相比于道格拉斯松鼠，灰松鼠的体型是前者的两倍。作为树林里勤快的劳动者，它们缺少影响力，也不那么活跃。在树叶和枝干中，灰松鼠也没有道格拉斯松鼠那般的骚动。我们几乎没有听过它对任何动物嘶叫过，除了我们的牧羊犬。它们会从这个树枝滑翔到那个树枝去寻找自己的食物，动静很小。它们在这个过程中会检查去年留下的松塔，还会看看还有多少松子留在松塔的鳞片里，再最后确定有没有遗落的松子落到了地上的落叶当中，毕竟这个季节还不是果实成熟的时候。灰松鼠常常会摇摆自己的尾巴，时而在身后，时而在身体上方，时而平放，时而优雅地卷曲起来，如天边薄絮一样的卷云。尽管尾巴上的毛都很粗硬还十分黏湿，不过总能整洁光亮，各居其位，仿佛闪亮的蓟花的冠毛。它的身体和尾巴同样都非常轻巧虚幻。道格拉斯松鼠体格小，但是个性很是暴躁，对大都和表演都十分热衷，动作也很迅猛，看到它们的人都会感觉刺激，人们会因为它那眼花缭乱的表演而兴奋不已。

相较之下，加州灰松鼠就害羞很多，很多时候的动作都比较隐蔽，就好像每一棵树，每一个灌木丛，甚至是原木后面都危机四伏。很明显，它们害怕被打扰，也没有兴趣被人们欣赏、赞扬或是惧怕。印第安人很喜欢以它们为食物，这让它们愈发地小心翼翼，何况还有老鹰、蛇和夜猫等其他可怕的敌人存在。灰松鼠会在食物充足的树林当中穿过足以隐蔽自己的灌木丛，再跨过卧倒在地的树木，最终抵达水池。炎热的夏季，几乎每一天的同一时刻它们都会这么到水池边喝水。听说，这水池边上总有带着弓箭埋伏得无声无息的小男孩在那里伺机猎杀猎物。只不过尽管处处都有危机，松鼠们还是生活得非常快乐，它们仍旧是森林里最不知疲倦的生灵。松鼠在我看来是所有大自然野生动物中最有野性的，我多希望有一天能充分地了解它们呢。

在营地的南面，有一个覆盖了沙巴拉生态群的山坡上，成千上万的小鸟在那里筑巢，好奇的林鼠（Neotoma）也把家安在了那里。这是一种非常有趣的小动物，只要出现就会吸引人们的注意力。它不同于老鼠，长得更像是松鼠，只不过比松鼠大很多。它有着精致的外表，皮毛厚实柔软，一点点的暗蓝灰色，白白的肚子，又大又薄且半透明的耳朵，一双水汪汪的大眼睛圆圆柔柔的，有着纤长的爪子，如针一般尖锐，它的四肢非常强壮，因此和松鼠一样善于攀爬。几乎没有一种老鼠能有如林鼠一样可爱的外表。要接近它们非常容易，因为它们非常信任人类。林鼠表现得过于优雅，这一点和它们生活的布满荆棘的灌木丛有些不搭。精致的它们把自己的窝也造得很是温馨，内部布置十分柔软。几乎不会有哪种山居动物和它们一样会建造如此巨大的"房屋"。一个从未碰到过如此"房屋"的旅行者第一次见到，一定会惊呼难忘。"房屋"是林鼠捡来的各种木棍、腐烂的老鼠只，还有灌木丛里咬下来的多刺绿色嫩枝，以及七七八八只要是能挪得动的小物件，比如土块、骨头、石头、鹿角等，搭建起一个圆锥形，形状就好比是一个马上要烧火的火堆一般。

如此奇怪的小窝一般有 6 英尺高，底部的宽度大致相同，很多时候会有十几个这样的"房屋"连在一块。之所以这么做是为了觅食的方便和彼此照顾，绝非是出于社区的需要。孤独的探险家如果翻越过偏远荒芜的山坡，再穿过茂密的灌木丛的话，若是眼前突然有了这样的小小"村庄"，定会感到很是讶异，一瞬间还以为自己误闯入了印第安人的聚居地，兴许还在思考自己会受到什么样的接待，等等。只不过他接下来什么印第安人都不会看到，也不会受到野蛮的对待，只有两三只林鼠，静静地待在窝棚顶上，眼神中满满都是柔和的目光，盯着走入"村庄"的到访者，并且允许他向自己靠近。在尖顶的窝棚中间有一个小小的柔软小窝，林鼠们把树皮内侧纤维咬开，然后成了一个个纤维束，在这上面它们铺上羽毛以及用柳树、乳草（Milkweed）等种子柔毛，再连在一起。这么小巧玲珑的小生灵就生活在这多刺的厚壁窝里，仿佛是多刺的荆棘里开出了一朵娇艳的小花。不少窝离地面大约30-40英尺，还有的在人类住家的阁楼上，这一点和燕子、红雀很是相像，无非是想从人类那里得到保护和陪伴，尽管在野生原始的荒原中它们早已习惯了独处。顾家小动物眼里的林鼠是个小偷，因为它们喜欢把所有古怪的东西都往自己的窝里拖，比如刀、叉子、梳子、指甲、锡杯、眼镜，等等。我猜测林鼠之所以爱这么做，无疑是要加固自己窝的防御能力。林鼠在窝里贮存的东西和松鼠相差不大，会有果仁、浆果、种子等，据我所知，它们还会存一些树皮以及鼠李科植物的嫩芽，等等。

7月2日

阳光明媚，天气温暖，万事万物，包括岩石都因为好天气而非常兴奋。植物的汁液以及动物的血液都快速流动，而山脉如水晶一般，其中的微粒也像宇宙星辰那般快乐，在空气中悸动、飞舞和旋转。几乎不可能有任何的枯燥、沉闷出现，也没有死亡和停止。动物和植物对大自然的心跳都有了回应，持续欢乐且有节奏地跳动着。

珍珠颜色的积云还在高山之上，那通体银白的云彩不仅仅是内在泛着银光。我所游历过的所有地方，一年四季云彩永远都是明亮的、轻盈的、和岩石最为相似的，它们的形态最复杂，轮廓最清晰。这雪白的云彩每天都会如山脉一样聚集和消散，对我来说这是内华达山脉最高峰产生的最伟大的奇迹。只要我一凝视那覆盖着白色的巨大圆顶丘，心中不由地就会萌生出敬佩之情。不过虽然天空和群山之间总有如恋爱一般的相恋相依的事情，伙食的变化问题却叫我们感到了厌烦不已。我们已经几天没有吃面包了，面包成了我们朝思暮想的食物，仿佛这种思念已经说不通了，毕竟我们还有肉、糖和茶可以食用。说来也奇怪，既然有如此丰富植物和动物的野外，食物对我们来说居然成了稀罕品。要知道放眼过去皆是富含淀粉的根茎、种子以及树皮，不过是没有面包了，我们就感到自己的身体失衡了，曾经快乐的享受受到了威胁。和印第安人相比，我们感到自惭形秽，和松鼠相比我们也很愧疚。

7月3日

天气很温暖，有微风从林间穿越，轻轻拂过，有了千百处泉水芬芳的气息。松树和杉树球果继续生长，每一棵树上都在滴落香脂和树脂，种子也在快速成熟过程中，这一切都说明大丰收即将到来。松鼠不用再担心没有食物，各种尚未成熟的果实也是它们的口粮，它们从来没有肠胃问题的苦恼。

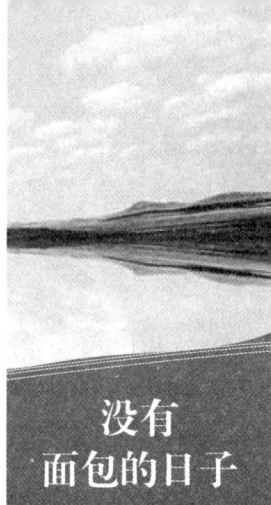

没有
面包的日子

7月4日

羊群还没到过的山上，森林的精华仍然存在，而且一天天越来越充满芬芳，甜美起来，和日趋成熟的水果一样。

大家预料德莱尼先生很快就会从低地返回这里，羊群也会因此转移至新的草场，到时候也会有新的补给品，我们到时候也就不用担心温饱问题了。在等待的过程中，豆类也几乎用完了，仅剩下羊肉、糖和茶。牧羊人慢慢地开始对羊群不太关心了，精神也颓废不已。他告诉我们如果老板再没有给他好吃的，他自然也没有让羊群吃好的义务。牧羊人甚至赌咒说道，这陡峭的群山不会有哪个白人能仅凭着吃下羊肉就跨过的。牧羊人比利今天发布了自己的国庆

"演说"，说道："狗、山狗还有印第安人或许能做到，但是白人是无法适应这种饮食的。我想说的是，必须有好的伙食才能保证好的羊群。"

7月5日

内华达山区的高地上，正午时分云彩的颜色比平常更为瑰丽，几乎让人无法具体形容，欣赏了这些云彩的仪容风韵后实在叫人难以忘怀。昨天在低地还有国庆礼炮鸣放后留下的苍烟，而昨天激动着发表演讲的"演说家"今天似乎也平静了不少，或者说昨天的想法已然随风散去了。在这里，没有哪一天不充满宁静的热情，没有哪一天不是庆典日，因为这里永远都不会有疲惫、浪费，也不会有因为快乐过度而有的厌倦。这里的每一种生物，甚至是每一个细胞都欢天喜地，都不会为人所遗忘。

7月6日

德莱尼先生似乎还没有来的意思，没有面包的日子已经让很多人受不了了，这注定接下来的很长一段时间我们的主食还是羊肉，这种状况要适应起来太难太难。我曾听说过，得克萨斯州有拓荒者能几个月适应不吃面包的日子，替代面包的不过是野生火鸡的鸡胸肉。过去像这样的事情不鲜见，那样的日子是美好的，尽管生活的安全有所欠缺，但是不用操心那么多事情。在洛基山脉，早年有一些用陷阱猎物的猎人和皮毛商人居住在那里，他们在那里的主食也是野牛和河狸，并且要维持上好几个月。印第安人和白人中也有不少人的主食是三文鱼，他们从未因为面包荒而感到苦恼不已，更不会有难以承受的情况出现。此时原本是质量上乘的羊肉反倒成了人人都嫌弃的食物了。

我们挑出了其中最瘦的羊肉，强压住自己的反感硬吞下去，结果可想而知，那想吐的感觉让我们迅速将它们吐了出来。相比于羊肉，茶让我们更加反胃难受，所有人的胃好像在闹独立一样给我们造成了巨大的麻烦。我们应当学习印第安人，采一些羽扇豆、苜蓿，还有含有淀粉的叶柄，虎耳草的块茎等煮来吃，再接着学会忽略胃部的不适感受，把自己的眼光放得远一些，坚强地穿越灌木丛和岩石，爬到山顶，就会欣赏到美丽的景致。到时候我们就会感受到包围全身的静谧，尽管这一天的任务我们有气无力地完成了，可是这一天的清福我们也享受到了。我们的午餐不过是咀嚼了几片鼠李属的叶子，当头疼胃疼的时候我们就闻一下或是嚼一片味道辛辣的美洲薄荷叶来缓解一下。胃疼因此减轻了不少，我们的头上却好似罩上了一层薄雾，还一步步渗入我们体内。我们的晚餐还是羊肉，更多的羊肉，我们一点点吞下去，吞不下太多。我们的床铺上方有灿烂的繁星，闪烁在雪松羽状的叶子和枝干中间。

7 月 7 日

今天早上，我开始想呕吐，身体非常虚弱，我明白这都是面包荒引起的。身体的难受让我几乎没有办法集中注意力去做研究。如果想漫游在天堂般的森林里的话，麦田和磨坊都是必备的。少了面包的我们和困在笼子里的鹦鹉一样极度苛求一块薄薄的面包，不管哪种口味都可以，即便是环球旅行剩下的那些，只要是满足需要的就行，此时我想再没人去质疑小苏打是否健康。此前的多次植物调查经验告诉我，只吃面包不吃肉是最健康的饮食方式，至于有没有茶并不重要。我要的不是不合情理的过量，只要有面包、水和愉快的劳作就足够了。可是一个人必须通过在不适应的环境下磨炼自己，让自己不过分依赖某一种营养而生活才行。单纯说身体的健康这观点是成立的，毕竟不同环境中的人们都生活得很好这也充分证明了这一点，例如爱斯基摩人，因为天寒地冻而无法种植麦子，他们就以富含油脂的海豹肉和鲸鱼肉为主食。天气恶劣的时候他们甚至好几个月都只吃肉、浆果、枯草和鲸鱼脂肪，曾经还有人的食物只有鲸鱼脂肪。这些在冰雪覆盖世界里生活着的人们听说都非常热情、快乐、勇敢和顽强。除此以外，我还听说过有人以生鱼为主食，且肠胃从来都没出过问题。相比之下我们居然已经放任自己颓废到如此地步。我们还有食物，可是在面对它们时我们却满脸苦相，还因为肠胃无法消化而感到不安，时常把牢骚和怨言挂在嘴边，听着怎么都和受了压抑之后的羊发出的咩咩声非常像。其实我们还有不少白糖呢。今晚，我突然感觉这赌气的肠胃就和爱抱怨的孩子是一样的吧，于是我就想用糖来哄哄它。想到这儿，大家都开始洗锅，把很多很多的白糖放上去煮，直到熬成蜡状。只不过这东西似乎让我们的情况变得更糟糕了。

人类应该是所有动物中唯独能被食物弄脏的，这才需要梳洗沐浴，还要用盾牌形状的围嘴、围裙和餐巾。像是在地底下生活的鼹鼠，主食是那黏糊糊的蠕虫，从未清洗，身体却和总在洗澡的海豹和鱼一样干净。还有那总在和树脂接触的松鼠，也有自己保持清洁的神秘方法，从外观上看它们没有一根毛发是黏糊糊的，尽管它们成天在包含松脂的松塔里摸爬滚打，也从未在树间滑行时小心翼翼过。鸟儿似乎也没有动不动就清洗自己的身体和羽毛，但是它们的羽毛也非常干净。我曾经看到有几只被封存起来的苍蝇和蚂蚁，那是一种如蜡一般的糖，它们被困在里面和被封存在琥珀里的祖先一样。我们的肠胃已经如疲劳的肌肉一样，长期的蠕动让我们感到了疼痛。一次，我在乔治亚州的萨凡纳市（Savanah）附近的伯纳文彻（Bonaveture）墓地，因为几天的斋戒，我空荡荡的胃在生生地摩擦着，此时的感觉和当时非常像，都是并不剧烈的隐痛和实痛，不过确实很难忍受。我们所有的梦想都是获得面包，胃疼就是最好的证明。必须学会印第安人那样从蕨类植物、虎耳草的茎、百合花的球茎和松树皮当中提炼淀粉。只可惜的是，从我们的祖先开始这方面的教育都荒废了。或许我们还可以吃野生水稻，草场湿地边上我发现了一个品种，只可惜种子过小。橡子、松子和榛子这个时候都尚未成熟。还有松树和杉树内侧的树皮我们应该也可以尝尝看。这时候喝茶已经让我们有些半醉了。通常在特殊情况出现的时候，人们都已经习惯有一些刺激物了，很显然这时候我的兴奋剂就是茶。比利习惯去咀嚼烟草，在我看来和我喝茶应该是一样的目的，都在缓解自己的痛苦。每个小时我们都在期盼着德莱尼先生的到来，要知道，如果他能踏上这片山野将是多美好的一件事啊！

就我所见到的，在非常温暖的内华达山区，牧羊人和登山者对食物供应和休息条件一般不会提出过高的要求。大多数人都不会在意太过寒碜的住宿条件，或者说过于精细的大自然被他们视为没有男子气概的行为。牧羊人休息的床经常只是空地上的两张毯子，也或许是拿一块石头，一截木头，再有一副马鞍作为枕头。他们对于地点的选择甚至连狗都不如。一般狗在选择住处之前还都先四处查看一下，把地上散落的树枝和石头刨开，然后安安稳稳地睡个觉。相比之下，牧羊人确实随便什么地方都可以席地而眠，这可能是所有动物当中寻找休息处所本领最差的那一个了。再说说牧羊人的食物，他们即便是有自己所需要的种种食材，做出来的种类或是方法都远远称不上考究或是精致。他们菜单的全部内容是豆子、面包、咸肉、羊肉、桃干，还有土豆和洋葱。相对而言，土豆和洋葱就已经是他们菜单里的奢侈品了，这是由于相对于它们所包含的营养，这两种食材容易给他们带来过重的负荷。牧羊人从家乡出发时会带上各半袋的土豆和洋葱，几天不到就已经全吃完了。豆子则比较简单，不但烹煮简单，还容易携带，因此它常常作为备用粮食。

只不过，很奇怪的是煮豆子的锅总有不便透露的奥秘。世界上所有的厨师对于如何烹煮出美味的豆子都有自己的意见。在煮豆子的时候，要像怜爱小东西一样细心地抚慰，轻轻翻动，并对锅里的豆子喃喃着爱语，再细细蒸煮它们，最后往快要成为可口美味食物的它们当中淋上适量的油，放下熏肉，把熏肉和豆子还有油都融为一体，这才能把所有的色香味都体现出来，自豪的厨师到这个时候才会把锅里的豆子盛出1~2夸脱，让人品尝，再问他们："怎样，我做的豆子味道怎么样啊？"就算是烹煮的方式相同，味道也会有不同，通常是家传的独门技艺才能成就独此一家的风味。独门秘籍就包括有如何使用蜂蜜、白糖或是胡椒来调味，或者是先要焯一遍水，再加入碱灰或苏打，这么做的目的在于能软化豆子的皮或是让豆子充分分解，当然这所有的一切都要依靠人口味的不同和烹调理念的不同来调节。只不过和灌装葡萄酒用不同的桶道理相通的在于两锅豆子，不同的人去品尝一定会尝出不同的味道。做出来的豆子味道不够好，可以推脱自己的责任，譬如流年不利啊，种出来的豆子质量不够好啊，或者直接就说这一年都不适合种豆子，等等。

露营地里的充满神奇效果的还有咖啡，只不过和煮豆子所有的奇闻趣事相比，那就差多了，不会有那么多不可思议、不可预料的效果。大口大口地喝下咖啡，再发出低沉的哼哼声，最后再漫不经心地说上一句："这咖啡不错。"随后再大口地喝下去，接着评论："先生，这确实是好咖啡啊。"可是茶只有浓淡两种，越浓越好。唯一对茶的评论只有："茶太淡。"除此之外只有好喝了，遇上这情况连评论都省了。哪怕是火上煮一两个小时，就算是在有树脂的火上熏烤一会儿也没关系，不会有人会去在意单宁酸的多少或是杂酚油的多少。相比熏成了褐色口舌的烟草味觉而言，已经煮成了发黑茶饮料越是浓烈就越能吸引人。

营地里的面包和加利福尼亚营地里大部分的面包都是荷兰烤炉里烤出来的。它们中有一部分是用发酵粉做的烘烤硬面包，和对健康有害的黏糊糊混合物一样，吃过以后就会不利于消化。但是大部分的面包是酸面团发酵做的，发面后会留下一小块作为下一次发面的起子。烤箱大概 5 英寸深，12~18 英寸宽，其实就是个非常简单的铸铁锅。人们拿锡盆揉面，再把揉好的面放进烤箱里加热，最后涂上牛脂或是猪皮，再继续把面团紧贴着锅沿压平，一直烤到膨胀为止。在做好烘烤的准备时，就在火边加上一铲子煤，把烤炉放上去，再加一铲子煤，最后要做的就是时不时地掀开炉盖看看能不能维持足够的温度。小心操作这个方法就可以烤出好吃的面包。炉子的重量也是影响面包会不会烤煳了、变酸了或是发得过度的重要因素。

我们终于等到了德莱尼先生沿着长长的峡谷回到这里了，这也终结了面包荒。我们放眼群山，因为我们明白明天我们又可以攀上更高的地方了。

我永远都不会忘记这第一个营地，尽管一切都远去了。它不只是以记忆画面的方式留存，更是如心灵或是身体的一部分完全地融进了我的体内。漏斗一般的山谷里，还有那在山谷里长着的壮丽树林，夜色中天空里的繁星以及它们撒下的柔美的银色。寂静的黄昏时分，在通向布朗平原的高山陡坡，遍地都是野花，花儿盛开之后香味飘然而下。河段上覆盖着各种树木的绿荫，河流发出了种种声音，仿佛一段优美的旋律。河水一会儿缓慢地流淌，一会儿如万马奔腾地奔涌，一会儿流成了激流，欢腾狂喜而来，水流轻抚着莎草叶儿、灌木丛和满是青苔的岩石。池中的水流也在旋涡一样地旋转，流经长着鲜花的小岛，随即就分叉向远处流去。这里那里都溅起了灰白色的浪花，看起来那么欢乐，却也带着深沉、肃穆的调子，一下子仿佛看到了海洋。水边有勇敢的小鸟，它们在跳着自己的华尔兹，也在声响如铃声的水花之间，唱着最甜美的歌曲，似乎它们在享受来自于天国的福音，唱出了上帝对它们的爱。再就是那派勒峰，有着优雅轮廓的绵长陡坡，就像是交叠在一起的辫子。山上的气候带随海拔高低而不同，装点着各种不同的树木。

在树木的族群中，这些树都是王者，各自都有清楚的高贵名分和身价。它们的树梢像宫殿的尖顶却盖过尖顶，树冠如王冠却盖过王冠。它们长满绿叶青葱的长枝舞动着，圆锥形的果实也如铃铛一样摇动着，幸运登山家一样的树木就在阳光之下健康成长、欢欣鼓舞。在阳光之下，每一棵树都犹如被风拂动的竖琴，弹奏着悠扬的旋律。麋鹿常常在长着榛子和鼠李植物的草场上活动，而在被烈日炙烤过的峭壁上方有许多紫色和黄色的薄荷，那是一种叫"一只黄"（Golden-rods）的黄花，草场上还铺着熊蓓属的植物，就像是地上铺了一层地毯，总有蜜蜂在它们上面飞舞哼鸣。山中还有让人难忘的黎明、日出和日落。繁星之间总有玫瑰色的光线，随即又成了水仙花一般的黄色。整齐的光柱一下子爆开、射出，穿过山脊，像流水一样地轻抚每一棵松树，唤醒强有力的生物，再用热量温暖它们，直到看到它们闪闪发光，能开心地面对每一天。迷人的中午少不了金黄色的阳光，还有白得像雪花石膏（Alabaster）一样的云山。此时的大地就像是神的面庞，焕发着意念。到了日落，树林里的树都默默地站立着，等待着它们的晚安祝福。所有的一切都非常神圣且永恒，那都是用不尽的宝藏啊！

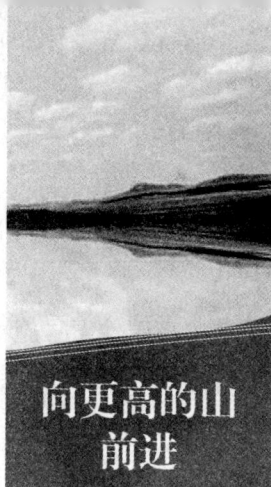

向更高的山前进

7月8日

我们准备好向更高的山前进，听到很多如正午的雷声一般轻轻的、微弱的声音，好像在说着："到高处来吧！"那些为神所庇佑的溪谷、树林、花园、河流、鸟儿、松鼠、蜥蜴都要离我远去了，再见，所有所有的生灵，再见了，再见了。

饥饿的羊群还是和蝗虫一般，它们顶着漫天褐色的尘土穿过了山林。刚刚奔出旧羊圈还不到100码，这群"蝗虫"就好像感知到了自己即将迁移到新的牧场，于是大踏步地奔跑着，相互挤着久违的尽快穿过灌木丛的豁口。它们一会儿翻身打滚，一会儿连蹦带跳，不论如何都像是冲出了堤坝缺口的洪水一样疯狂。在羊群的两边，各有一个人领着领头羊，高声地发号施令，即便是这样，这些早已饥饿难耐的羊儿们还是同《圣经》描述的那些因为鬼坠海而死的"加大拉猪群"一样竭尽全力地奔跑。还有两个牧羊人在后面忙碌地赶着掉队的羊，把它们从纠缠在一起的灌木丛中解救出来。印第安人非常冷静、警觉，总是把视线都锁定那些容易因为游荡而走丢的羊。两只狗也是朝四面八方乱跑，还是不知道要做些什么。德莱尼先生则是远远地跟在后面，他这么做的目的是要把这些容易惹来麻烦的财富都看在眼底。

刚刚经过被啃食得差不多的牧场边缘，饥饿难耐的羊群就安静下来了，就和小溪流流进草场一样。自从这时起，牧羊人再不圈着羊儿，自由地任它们边走边吃，唯独要注意的是它们行进的方向是莫赛德河和托鲁姆涅分水岭的至高点就是了。2000 只羊一路走一路把自己瘪瘪的肚子用新鲜的草填满，原本瘦骨伶仃，如饿狼一样的羊顿时温顺了很多，也容易管理了。牧羊人不再咆哮了，渐渐地在平和文静的漫步中徜徉着。

日落之前，我们最终到了一块非常迷人的地方——榛子绿地（HazelGreen）。这是莫赛德河和托鲁姆涅河盆地当中的分水岭高处，一条清澈的小溪流穿过榛树和山茱萸丛，而上方长着的是雄伟的银杉树和松树。今晚我们就把营地扎在这里了，带有松脂的木头和树枝被我们用来燃起篝火。火焰熊熊燃着，发出的光有如太阳一般，燃烧的木头曾经在过去的几个世纪里汲取了大量的太阳光，就在这一瞬间全还给了我们。外围都是黑暗的背景，这如太阳光一样的大片篝火一照射，附近的事物都像是凸起的浮雕，轮廓是那样的明确。篝火旁边的青草、翠鸟属植物（Larkspurs）、耧斗菜、百合花、榛树丛还有其他的树木围成了一个大圈。它们在那里好像安静的观众，有着人类一样的热情凝视、聆听着。我们长久以来欣赏云山的故乡就是天际，我们这一整天都在辛苦地往高高的天际攀爬。到了这里，清凉的夜风让我们舒心不已，还有那芬芳清爽的空气我们也享受到了，这是上帝赐予我们的福分啊！糖松长在这里，不论是尺寸、外观还是个体的数量都达到了最佳的水准，几乎在每一座山丘行，每块盆地里还有每个深邃的峡谷都有它们的身影，而几乎不见其他的树种。当中偶然还有伴生的几棵黄松，还有不少凉快的地方，还有银杉树。不管怎样，糖松还是树中最高贵的君王。在其他树上方，糖松伸出了长长的枝干庇护它们，而其他的树则是摇摇摆摆，臣服于它。

现在我们的高度是海拔 6000 英尺。上午时分，我们走过了分水岭的一块种着熊果科灌木（Arctostaphylos）的平地，这些植物是我见过的最大一些品种。我试着去量了一下，这些灌木的树干直径约 4 英尺，距离地面的高度实际只有 18 英寸，不少枝丫都向外伸展着，它们造出了一个大大的圆形树冠，高度约为 10~12 英尺，还有一丛丛窄喉的粉红色铃铛小花布满它的上方。它们有着浅绿色的叶子，叶柄的边缘旋转生长着腺体。光秃秃的树枝，有着巧克力色的树皮，很薄但是很光滑。脱落的时候像雪花飘飘扬扬，干枯了以后就会卷曲起来。树木是红颜色的，有细纹，沉重且坚硬。我对这种长相奇特的灌木的树龄很感兴趣，它们兴许和高大的松树是同龄人吧。这树丛中的浆果是印第安人、熊、鸟和一部分肥胖的幼虫的最爱。浆果长相和小苹果差不多，一边玫瑰红色，一边是绿色的。听说印第安人喜欢拿它来做啤酒和苹果酒。灌木丛的品种繁杂，在灌木丛的品种中，这种熊果莓（Arctostaphylospungens）是这一带最为普遍的品种。这一类灌木不高，但根深深地扎在了土里，因为也不畏惧狂风暴雨。即便是熊熊烈火烧了整片森林，也不会完全将它们烧毁，它们会再从根部开始长起，何况很多山脊，尤其是它们生长的干燥山脊不会有野火光临。我有必要好好再了解一下这些灌木丛。

今夜，我最思念的是河流的吟唱，而这里最高的泉水地带，榛树和小溪也会发出如鸟鸣一般的声音。风儿吹过众多参天大树，它们的曲调很是奇特，听完之后让人很是难忘。只不过让人感觉奇怪的是，它们的叶子却始终纹丝不动。夜深了我也该去睡了，营地里大伙都睡下了，很是安静。我还是觉得睡觉花掉的时间太过浪费，可是上帝怜爱的这些可怜信徒无论如何都是需要睡眠的，"他用睡眠恩赐他惠爱的信徒"。要不然就会出现虚弱、消沉和筋疲力尽，太可惜了！美好永恒的轮转当中，人是需要睡眠的，和星辰永恒地凝视是不一样的。

7月9日

今早，在高山空气的振奋之下，我心里有着一股野生动物般过剩的喜悦在内心洋溢着，好想仰天长啸。印第安人昨晚睡的地方离篝火很远，身上也没毯子，也没有外加的衣服，只有蓝色的工作裤和被汗水浸透的印花棉布衣服。如此高海拔的地方，空气里的寒气很重，我们应给他加个鞍毯，他自己反倒没觉得什么。走路带东西不方便的话不依赖衣物倒不是什么坏事。他对食物的要求也不高，缺少食物的时候，有什么他就吃什么，像是莓果、植物根子、鸟蛋、蚱蜢、黑蚂蚁、大黄蜂、黄蜂幼虫等都可以是他的食物。我还听说，这些事情对他来说实在不算什么。

今天我们的路线是继续沿主山脊宽阔峰顶往前走，目的地是蓝鹤平原（Crane Flat）另一侧的山谷。这个山谷没有多少岩石，处处都长着高贵的松树和杉树。这些树的直径大多都有 6~8 英尺，高度大约 200 英尺，还有部分糖松的高度还更高。杉树大多是银杉树，有两个品种，一个是白冷杉（Abiesconcolor），另一个是红冷杉（A. magnilfica），都非常漂亮，红冷杉尤其让人过目难忘。随着海拔的升高，杉树就越是长得繁茂。冷杉的体格都非常高大，在内华达山区所有巨大的针叶树种中，最引人注目的就要数冷杉树了。直径7英尺，高度高于200英尺的树我经过不少，但是通常发育完全的树平均树高就只在180~200英尺左右，直径也只有5~6英尺。即便是有着十分壮观的维度，也不具备这一带冷杉树对称和完美的形体。冷杉树长着高达且笔直的树干，直径越往上越细，形态十分优雅。往外伸出去的枝丫绝大多数都是五根轮生，枝丫上通常有规则的，如蕨类植物一般的叶子。即便是微小的枝条也是满满的叶子，让树变得格外丰腴。树顶最高的地方直指天顶的是又厚又钝的嫩叶，看起来就好像是伸出来警示他人的手指。冷杉树的球果通常都在最高处的枝条处，立起来像酒桶。球果的直径约3英寸，6英寸长，呈圆柱形，外表像光滑的天鹅绒，长得十分繁茂正规。冷杉树的种子长度约为3/4英寸，颜色为深红褐色，而种翅则是闪亮的紫色。一旦球果成熟，就会纷纷从树上掉下来，从150~200英尺的高空做自由落体，如果能有风的协助，那么种子就会飞翔到很远很远的地方。合适的风力会带着种子从球果中甩出来，在空中自由翱翔。

白冷杉和红冷杉的硕大程度几乎相差无几，差别在于分枝的枝条上不会有规则的轮生旋涡，更没有那么茂密的叶子和羽状细枝覆盖它们。白冷杉的小枝条上不会到处长满叶子，叶子则多数在水平的两排上扁平地分布着。球果和种子和红冷杉的也差不多，只是尺寸要大一倍多。和红冷杉呈现微红紫色的树皮不一样的是，白冷杉的树皮则是灰色的，纹理也比较稀疏。不过这两者都是十分高贵的树种。

经过了 2 英里左右的距离到了蓝鹤平原，这里的海拔大约又升了 1000 英尺左右，树林更加茂密了起来，特别是红冷杉树的数量也成倍地增加。蓝鹤平原在分水岭的顶部，这是一块边缘为沙带的宽阔草场，因为经常长途迁徙的蓝鹤在这里歇脚、觅食而得名。平原长大约半英里，地势由高到低渐渐向莫赛德河倾斜。莎草长满了整个平原的中间部分，边缘则是百合花、耧斗菜、翠雀属植物、白羽扇豆和锦葵（Castillaia），花儿们绚丽开放。平原的最外端是干燥的缓坡，有着繁星一般的小花，例如优拿草属（Eunanus）、沟酸浆属（Mimulus）、吉莉属、马齿苋以及丛生的野荞麦（Eriogonum），耀眼的柳叶菜（Zauschneria）都长在其中。在四周围上如围墙一般的高大树木则是两种银色的杉树、糖松和黄松，它们几乎都已经达到了自己生长的最佳情况。对于糖松和黄松而言，海拔 6000 多英尺实在不算太高，这环境对红冷杉而言却有些太矮，唯独是白冷杉最佳的生存海拔。远离平原北面 1 英里左右的是一片红杉（Se-quoiagigantea）树林，红杉是针叶树种的王者。森林里还零零星星有一些花旗松（Pseudotsuga）、拟肖楠和双叶松（Two-leavedpines），这仅仅是偌大森林的一小部分。森林里主要有三种松树，两种银色杉树，一种道格拉斯云杉，一种红杉，一切一切的树木，其中不包括双叶松这过于巨大的树种，都紧密地生长在一起，聚合成了这个世界上针叶树种最惊人的集合。

一路上我们经过了好几个非常迷人的花园般的草场，它们或在分水岭顶部，或是垂在分水岭的两边，嵌在了壮观的森林中。一部分草场上长的草品种是加州藜芦（Varatrum），它们高高的，开着白色的花儿，船形的叶子长约 1 英尺，8~10 英寸宽，和凤仙花一般的叶脉。它是一种喜水的百合科植物，长势很强壮，还特别喜欢争奇斗艳，好比为了吸引人的注意力。在草场干燥的边缘长着楼斗菜和翠雀属的植物，白羽扇豆则是高挑帅气，多数都长到人腰的高度，直立在青草和莎草之间。此外几种火焰草属的植物（Castilleias），有几坛紫罗兰花陪伴在它们身边，两者一起正在上演着眼里的表演。而这森林草场中还是那种学名为帕汶（L. Parvun）的百合花最为光彩照人。它们中的大多数有 7~8 英尺高，而整体的花序则是由 10~12 朵甚至更多的花儿组合而成，非常富丽堂皇的模样。在空地上它们自由大方开放着，脚下的土地被其他的青草和伴生植物给填满，恰好成了装饰，以便更好地彰显它们的魅力。看到它使我更了解了百合花，原来对于真正的登山者来说，在海拔 7000 英尺左右的地方最能展现卓越活力和美感的就是百合花了。

　　我发现百合花就算是在同一片草场，尺寸也大小不一，土壤是一方面的原因，最重要的是花的年龄不一。这里有一株只开一朵花的百合，而在咫尺间就有一株能开出 25 朵花儿的百合花。更让我不解的是，羊群居然能够自由地进入这百合草场。过去的多少世纪，大自然用自己的热情浇灌抚养了这些娇艳的花朵。冬天，百合的鳞茎被掩在了厚厚的冰霜之下，百合最娇弱的嫩芽可以在如帷帐一样的云彩下遮风避雨；雨日里，百合能够吸收大自然甘甜的雨水，它们因此而美到极致；大自然还有各种技艺可以保护它们的安全。可是这一切竟然可以让带有毁灭性的羊群来随意践踏。要知道这么美丽的花园即便是用火围住也太不为过。大自然挥霍了多少来保护这样一片如宝藏一般的花园，甚至不惜消耗一切植物的美，毫不吝惜地把阳光挥洒到大地、海洋、花园和沙漠里。而因此百合花才把自己的美丽降临人间，给予了人类、熊、松鼠，还有很多很多的生物。可是，不管是人类，还是人类驯养的畜类都在践踏它们。德莱尼先生对我说，夏天到来，熊喜欢在这草场上肆意打滚，而鹿则会一次又一次地踏过花间，找吃的、漫步，等等。不过这些似乎都从来没损害过这些美丽的百合花，反倒是更滋养了这些花儿，它们的行为按照压土的需要穴栽百合花（Dib-bling），不管怎样，这些地方的百合花没有一片叶子或是一个花瓣错了位置。

围绕在百合花周围的树木，不管是魅力还是风采都异常完美，和百合花的叶子一样，它们的枝干也属轮生，井井有条。今天的傍晚和往常的傍晚一样，燃烧在营地的篝火还是释放出了夺目的光彩，仿佛给万事万物都施了魔法。我躺在杉树下面，看着那尖塔一般的树梢插入了满是星光的夜空，心中涌起了幸福的感受。这时候的天空无疑像一片广袤的草场，闪烁着如盛开百合的星云。珍贵的夜晚到来我又怎么舍得闭上眼睛呢？

7 月 10 日

有一只脾气暴躁、行动很是敏捷的道格拉斯松鼠，作为这个森林的独裁者，它一大早就在我们头顶上方乱叫。那些在旅行当中很难见到的森林小鸟，此时此刻正在享受阳光和清晨露水的沐浴，它们站在草场的边缘享受着每一份温暖，这份景致太有趣了。所有带翅膀的、这个森林的臣民无一不具备自信的神态和优雅的举止，太迷人了！看起来，它们很有自信能获得最美味、最有营养的早餐，可是这么多的早餐在哪里呢？假设我们为它们摆起餐桌，再给它们准备好虫子、种子、昆虫等，做这一切皆是为了它们能保持原始的纯真和健康，这无疑会让我们感到十分无能为力。我细想，它们无论如何都不会有病痛的感受吧！而对于无所拘束的道格拉斯松鼠，似乎人们在见到它们更不会去考虑它们早餐吃什么，至于饥饿、病痛和死亡问题更不存在。如同星斗一般的它们几乎已经超越了这些问题，也超越了所有变化。尽管它们也常常在我们跟前为了生计到处收集球果。

森林中我们继续向高处走。一路上弥漫着的灰尘让我们几乎无法看清前面的路。几千只羊踩着脚下的树叶和花朵。如果把羊群放在广阔的荒野当中，不过就是很微弱的一个群体，它们所摧残的不过是千百座花园中的一小部分而已。树林是不会为它们所伤害的，只有树苗难以幸免于难。只不过有一天这些仿佛蝗虫一般的羊群会因为它们能带来的价值而数量激增，而这片森林终将被摧毁。到那个时候就只有天空是最安全的，尽管也还有烟雾和尘土，那时候会有祭祀的烟火遮蔽整片蓝天。从某种程度上来说，这群可怜、无助和饥饿的羊群不是上帝造出来的，而是人类在错误的时间、错误的地点通过半制造的方式造出来的，几乎没有十足的权力生下来，仿佛私生子一般。可是它们的叫声和人似的，所以人们就不自觉有了同情心。

我们继续顺着莫赛德河和托鲁姆涅河分水岭的方向前行，右边有很多溪流都慷慨地流向了优胜美地河（Yosemite River），在我们的左手边的溪流则是高歌着优美的旋律流入托鲁姆涅河。每一片阳光丰沛的苔属植物（Carex）和百合花草场都有它们流过的踪影，只要有它们就有美丽的歌声，伴着这些歌声落入了上千条峡谷当中。再没有哪条溪流演奏出的乐章能比它更美妙了，也不会有溪流比它们水质更透彻了。溪流们一会儿缓缓前行，低声言语；一会儿又会激烈地向前奔去，时不时溅起涟漪，从而在阳光和阴影当中穿行，于水池中发出光芒；一会儿又会汇聚起来，在悬崖、陡坡当中以各种各样的姿态飞舞。它们流得越远越容易展现出那袅娜明丽的声音，直到一直汇入大江大河中去。

整个一天的时间，我都用非常钦佩的眼神去关注高贵伟岸的银杉树林，在这里它们在树林里的比例越来越高了。在蓝鹤平原上森林相对是开阔的，阳光可以直接射进铺满了各种针叶的褐色地面。而在这里除了有一棵树的风姿，还有布满树叶和风度的树林也显得无比华贵。这里的树大多数是以六棵或六棵以上为一个树组，不论是尺寸还是位置的安排都十分地巧妙，所以即便是很多棵树看上去也就像是一棵。要知道凡是爱树的人，哪怕是再迟钝的眼睛看到如此树林也会变得敏锐。

到了这里，最幸运的是我们不用费太多精力照料，牧羊人驱赶着它们慢慢前行，它们也可以自由地吃草。自从走过了榛木绿地以后，我们就开始沿着优胜美地的小径前行，最终我们取道的是考特维尔和中国人营地（ChineseCamp）。凡是要去这著名峡谷旅行的人通常都会取道这里，也就是会合在蓝鹤平原的两条线路，从北端进入峡谷。除此以外还有一条小径，是从南端进入，也就是经过马里珀沙（Mariposa）而入。经过我们身边的旅客团队规模有大有小，有 3~4 个人的，也有 15~20 个人的，不过大多数都身骑北美小马或是骡子。旅行团的衣着华丽，却看起来很粗俗地行走在肃穆的森林当中。在单一的线路走着的他们把周边的野生动物吓到了，就像在做非常古怪的表演。或许人们还可以想象这样的人群也会惊扰到巨大的松树，松鼠们也发出了惊人的呻吟。究竟要如何去评价我们自己和自己的羊群呢？

此刻我们扎营的地方是旋叶松平原（Tamarack Flat），这里大概离优胜美地地势低的地方 4~5 英里的距离。有一块被树林环绕的美好草地在这里，还有清幽的小溪从这里流过，溪岸边上环绕着非常浓密到已经可以垂入水中的莎草，形成了一道斜坡。这里的旋叶松（Pinuscontortavar Murrayana）成了平原命名的理由，几乎随处可见这样的树种，尤其是在阴凉的草场边缘。主要是长在岩石很多的地面上，这种树长得非常粗壮繁茂，树高会有 40~60 英尺，有着 1~3 英寸的直径，树皮富含树胶，但是很薄，枝丫也是光秃秃的，穗、叶子和球果都非常小。这树如果是在潮湿、肥沃的土壤里长着的就会很密集和纤细，可是也非常高大，甚至有些已经高达 100 英尺。离地面最近的那些树的直径就比较小了，大约 6 英寸，高度也仅有50~60 英尺，树形的轮廓仿佛尖尖细细的箭矢，和美国东部各州常常见到的纯粹美国落叶松非常相似。就因为这样，这里才被称作是旋叶松平原，事实上它也是松树中的一种。

7月11日

德莱尼先生身骑一匹马，还驮着很多东西，他打算先去优胜美地的北端考察一下地形，目的是找到最适合中央营地的地方。现在我们暂时停留在这里，尽管我们了解到高处的草场情况几乎无人能企及，可是现在那里还有着厚厚的积雪。在优胜美地扎营的事情让我感到非常高兴，我明白从那时起我就可以尽情地漫步在岩壁顶端，看到各种美丽的风景，当然会有不少我从未见过的山峦、峡谷、森林、花园、湖泊和溪流，还有很多的瀑布。

我们所在的地方海拔大约有 7000 英尺，夜里一旦冷起来我们就需要在毯子上再盖上外套和额外的衣物来保暖。旋叶松溪（Tamarack Creek）有着爽口却冰冷的溪水，喝一口就能帮助人们提神醒脑。草坪上的溪流尽管水流丰富，但流速非常缓慢且宁静。就在营地下方几百英尺的地方，灰色的花岗岩从地面裸露出来，到处都散布着砾石。那里有大片地方是没有树木的，或者事实在狭窄的裂缝中扎着零星的小树。砾石大部分并不是堆在一起，也是如散落在风化碎石当中的那样，因为它们大部分都非常庞大。其中的大多数都在干净的路面上躺着，随意地让阳光照耀着它们，这和树叶茂密的树林当中闪烁着的光影形成了非常强烈的对比。更让人感到奇怪的是，躺在那里的这些仿佛遭人遗弃的岩石，好像周围再没有可以移动它的力量，视线可及的范围之内也没有能搬动它们的器械。从它们和周围各种石头差异的色泽和质地来推断，它们一定是一块块从远方开采、运送，再放置在这里的。自它们来到这个地方，不管经历过什么，但有一点可以肯定，一定没有人移动过它们。这里的它们看起来非常孤独，好比是在异乡作客的人。

如此庞大且棱角分明的岩石块，最大的直径大约有 20~30 英尺，大自然在塑造景致、创造峡谷风貌时将它们作为了残破遗产，可是究竟为何要从远方把它们运到这里呢，又是用了什么工具呢？一路走来我们找到了这个答案。最能够抗拒风化，最有利于抗拒风化表面上雕刻下严整平行的刻痕，说明曾有来自东北方的冰川袭击过这个地方，它碾压了大片的山峦，并且通过雕琢和打磨出最为原始、奇怪的外表。在冰河世纪结束的时候，碰巧同冰川一同到来的砾石就留在了这里。这个发现很是奇妙。我们路上经过的森林很可能是当时的沉积物形成了土壤，而这些沉积物大多是冰川通过同一媒介带过来的种种冰碛石，它们中的绝大部分都在后冰川时代经过风化后分解而散播开来。

旋叶松溪很是年轻欢快，一路流经郁郁葱葱的草地，再沿着已经被冰川打磨过的花岗岩石之下。它又是唱，又是跳，一路欢乐地流淌，最后形成了一道道有着彩虹色调变化，闪着白色光芒的瀑布，就在离优胜美地下方还有几英里的默塞德峡谷（Merced Canon）继续奔流。这长长的溪水大约流出 2 英里的距离，海拔的落差就已经有 3000 英尺左右。

　　几乎所有流经默塞德的溪流都是优秀的歌手，它们都在优胜美地会合。就在离我们营地大约半英里的地方，就在著名的峡谷地势较低的一段，我们能看到有很多在峡谷当中的壮丽悬崖和树林。我几乎愿意付出我的生命去换取阅读山峦，更何况优胜美地还是这壮美山峦中最为蔚为壮观的一页。不管如何努力地去尝试，我能够了解的部分都很微乎其微。那是不是要为我们最不可避免的无知而感到悲伤呢？我们视线能看到的很多都是外在的美，但这足以让我们的每根神经都为之颤抖。大自然创造出的众多奥妙都超出了我们的认知，可是我们已经在其中享受到了卓尔不群的快乐。勇敢的旋叶松溪流，继续你们的歌唱吧。你们从白雪皑皑的泉水源头而来，带着清新的姿态，一路旋转、奔腾、跳跃着，最终走向了你们命中注定的目的地——大海，这一路上所有经过之处的生灵都接受过你们的滋养，从你们那里得到过振奋。

　　今天我享受到了一个非比寻常的一天，我在大山当中漫步、观察、沉浸于所有影响人的一切，我收集标本、画素描、做笔记，甚至是呼吸新鲜的空气，喝着旋叶松溪清甜的溪水。我还在这里发现了一株散发芳香的白色华盛顿百合，在内华达山区所有百合当中它是最美的。它们的球茎深深地扎在了灌木丛当中，在我看来这是躲避熊掌的一个好办法。百合花壮美的花序呈现圆锥形，它一直从覆盖着白雪且乱蓬蓬的灌木丛当中伸出自己的脑袋，并摇摇晃晃。它们长满花粉的花钟当中盘旋着胖胖的、大胆却又嗅觉不够敏锐的蜜蜂发出嗡嗡的声音。这花儿太可爱了！我一路忍着饥饿和疼痛，走了这么远的路到这里来看它确实很值得。壮丽的景色当中我找到了如此植物，这个世界一下子就变得丰富精彩了。

在旋叶松平原上，那一栋长长的房舍好比在宣称着对这块平原的所有权。如果未来有越来越多的游客到优胜美地的话，那么这里就会变成很优越的休憩之处。只要是误了时辰的游客可以在这里停一停。房子的主人是一位白人和一位印第安妇女。

就在日落时分，我仍旧漫步在草原当中，走了很长一段路，已经快看不到营地、羊群和其他人类的足迹了。就在这一片深沉宁静的古老森林中，所有的事物都在上天散播的热忱当中发出自己的光芒。

7月12日

德莱尼先生回来之后我们的朝圣之旅就此开始。他告诉我们：

"优胜美地的周围从山顶上看几乎没有什么，除了岩石就是一片片的树林。但是一旦走下去，走到布满了岩石的沙漠，就会看到长满了无边无际草的堤岸和草场，绝非是远远望过去的那么贫瘠。我们要到那里去，直到等到所有的积雪都全部融化。"

我们得到了自己因为高山上的积雪还没有融化而必须滞留在优胜美地的消息之后，最高兴的人就是我，我恨不得可以有更多的时间待在这里。我会有多少美好的时间看不到营地，更听不到营地传来的声音，这些时间我都用来画素描、研究植物和岩石，更可以在大峡谷边缘独自一人攀爬。

今天，我们又见到了一批来这里游玩的游客。他们忍受着长途的车马劳顿，还有无数的金钱和时间到这里来看这峡谷，可是有很多人却不把注意力放在这大好的景色上。就在他们到了雄伟如神殿般的岩壁时，诗一般的瀑布声音让他们彻底忘掉了自己，也变得无比虔诚。事实上每一个到这座山里来朝圣的人都应该有神的庇佑。

一路沿着莫诺山道（Mono Tral）我们慢慢向东走。就在下午较早的时候，我们为了扎营就在小瀑布溪（Cascade Greek）边上把行李卸了下来。莫诺山道主要是由血峡山道（Bloody Canon Pass）一路穿越山脉，留到了莫诺湖北边的金矿附近。根据报道上称，金矿最初被发现的时候，有着大量的黄金资源，由此也滋生了大量的淘金热潮，这就需要修造一条山路。但因为河床底部过于松软，涉水存在很大困难，因此人们就在溪流的上方造了几座小桥，他们主要是将倒下来的树木砍成几段，造一条能够穿越灌木丛的小路，宽度大致就是足够庞大背包通过即可，随后其他路面的部分，甚至连一块石头或是一铲土都没有动过。

我们经过的很多树林都是红冷杉树林，白冷杉也有不少在其中与之共生。只不过海拔的关系它们大多数都在低地，随着海拔的升高就只剩下非常迷人的红冷杉树种了。我几乎找不到更合适的语言来恰如其分地描述这个树种，或者说给它一个公道的判定。不少因为土质松软的地方，树木的根扎得不够紧，大风暴一来，很多都倒下了。通常是冰碛石风化分解的沉积作用形成了这些土壤。

在光秃秃的岩石上，羊儿们肆意地躺在那里，反复地在回味着自己反刍的食物。营地上有人正在做饭，大家这几天的食欲越来越好。通常海拔低的人是无法理解为什么在海拔高的地方人的食欲会越来愈好，更无法体会被大家称呼为伙食却很难消化的那些食物在烹煮过程当中的简单和轻松感受。不论是吃饭、走路还是休息人们都会感到十分愉悦。早上起床的时候，都想和打鸣的公鸡一起大声地叫出来。一下子睡眠和消化都如同空气一样拥有没有障碍的清爽。今天晚上，我们的床会由静止、清香且如丝绒一样的树枝来铺成，再伴着瀑布流水和溪流演奏的美妙摇篮曲渐渐进入梦乡。从前没有哪个溪流像被命名为"小瀑布溪流"这么贴合它实际吧。从营地的上游我一路追到了下游想去刨根寻底地考察，它一直跳跃着、舞蹈着，一道道小小的瀑布因此而形成，如白色的鲜花一般绽放。最终不知疲倦的它会跨越 300 英尺以上的幅度向下跳跃，一头扎进优胜美地主峡谷的最底部，那就是旋叶松溪的瀑布附近，那是距离这峡谷最深处几英里的地方，这是它狂野旅程的终点。这些瀑布和优胜美地峡谷里的素有声名远播的瀑布相比毫不逊色。

我永不会忘却这小瀑布吟唱的美妙歌曲，不论是低声的轰鸣，还是巨声的吼叫，不论是清澈的溪水发出的同银铃一般的撞击声，还是在飞溅的水花看似彩虹一般的形状那样奔涌所发出的声音。在那么多宁静深沉的夜晚，黑暗中小瀑布溪划出了一道白色的光，无尽的声音响起了庄严雄浑的声音，这些都让人难以忘怀。这里我还发现了一种名为黑鸫（Ouzel）的小水鸟，和枝繁叶茂小树林的朱胸朱顶雀（Linnet）非常类似，同样也是无拘无束自由地欢快着，伴着喧闹的溪水它也十分欢乐。快速流过悬崖绝壁的溪水泼溅着自己的活力，而直直落下的瀑布有着雷鸣一样的轰鸣声，听着这些声音人心中油然地生起一种敬畏感。可是这小鸟儿却一丝畏惧都没有，它坚持唱着悦耳低沉的歌曲，在这轰鸣的声音当中自由地四处飞翔，还时不时做出各种不同的姿态，表现着力量、平和和欢乐。这些自然的宠儿总会在狂野的溪流旁紧挨着筑自己的巢穴，在喷溅着水花的巢里飞来飞去。就在我沉默思考的时候，突然有力士参孙

（Samson）的谜语从脑海中冒出来："源自于强大力量的甜美。"水潭里涌动着旋涡，如钟状花一样的飞沫非常美丽，而这小小的水鸟却是比飞沫还要美的花朵。温柔的小鸟，感谢你给我带来了珍贵的信息。或许我们并不懂激流的含义，但是你甜美的歌声已经让爱充盈其中。

7月13日

今天一整天，我们的行程就是沿着优胜美地溪流盆地的边缘朝东走，在到达谷底之前还有一大半的路要走，一块被冰川打磨过的花岗岩成了我们扎营的地方。这是一块非常坚实的花岗岩，非常适合做床的基石。沿途的小路上我们发现了大熊的足迹，德莱尼先生因此谈起了关于熊的事情。我说道，很想看看这巨大足迹的制造者究竟走路是个什么样子，不要打扰它，只要在它身后跟上几天，就想对这森林里野兽中的翘楚的具体生活习性有所了解。德莱尼先生告诉我，在低海拔地区长大的羊儿也没见过熊长什么样，更没有听过熊的叫声，不过只要它们闻到有熊的气味存在的话，还照例是会吓得呼哧呼哧地逃跑的。这一切都证明羊儿们还是知道有这样的天敌存在的，无疑是遗传让它们明白了这道理。除了羊以外，像是猪、骡子、马和牛都对熊有着剧烈的恐惧，只要熊靠近它们，它们就会表现出非常大的恐惧，尤其是猪和骡子。常常被赶到海岸山脉

（Coast Range）和内华达山路丘陵地区丰饶的草场上的猪，通常也是几百只几百只地成群地放牧，和羊群很是相像。一旦这地区有熊来袭的话，猪群就会快速地撤离。一般来说夜晚最经常发生这样的事情，放牧的人基本上是防不胜防。猪群的这种反应也说明了它们比起羊来说更具理智，羊只会被动地在岩石和树丛当中分散着等待着命运的安排。骡子若是遭遇熊的话，就会不顾一切地像风儿一样逃跑。假使拴在木桩上的骡子也会尽力挣脱绳索逃走。

可是在此之前我从没听说过有骡子或是马被熊咬死的先例。听说，熊最喜欢的是猪，常常有整只的小猪连皮带骨地被熊吞下去，就像囫囵吞枣一样。德莱尼先生特意跟我保证过，内华达地区不管什么品种的熊都很容易被吓到。一旦有猎人接近熊的射程，射熊要比射其他的动物难太多了。要是我真心想了解更多熊的情况的话，我必须同印第安人那样耐心地等待和观察，还必须集中精神，不分心到其他事物上。

到了夜里，灰色岩石如波浪一样起伏，暮色中的它们渐渐变得模糊。这地方看起来是那样原始那样年轻啊！即便是昨天扫荡过整个地区的冰川才完全消失，在营地附近的所有耐腐蚀、坚实的岩石上的痕迹也很难比这个时候更加清晰了。确实，我们、羊还有马都曾经因为太过于光滑而跌倒过。

7月14日

高山气息让我们的睡眠那样深沉，好比是死过去了一样，醒过来的时候又是全新的一天。平静的黎明到来，先有黄色和紫色，然后太阳升起，金色的光芒涌了上来，万事万物都因此有了光彩。

过了一两个小时，我们到了优胜美地溪，在整个优胜美地中，这条溪造就了最大的瀑布。在莫诺山道交叉点，这瀑布大约有 40 英尺宽，深度大约 4 英尺，瀑布的流速大约是每小时 3 英里。这里距离优胜美地陡峭的峭壁飞流直下的瀑布大约 2 英里左右。瀑布很沉静，很美丽，它流动的姿态非常优美，流动的时候它几乎没有声音。这溪流的两岸生长着茂密的旋叶松，还有如流苏花边一样的柳树、紫色的绣线菊（Spirea）、莎草、雏菊、百合花和耧斗菜，等等。一部分莎草和柳树垂下的枝条插进了水中。就在一排排树的外围挨着的地方有一片冲积沙砾和沙子形成的平地，那里阳光普照，应该是远古的洪水冲刷出来的地方。那里有成千上万的荒漠独尾植物（Erethrea）、荞麦属植物以及蓼科植物（Oxytheca），相比叶子，它们的花开得更繁茂，成了整齐的一片。那里到处都是长成丛的马齿苋（Spraguea），它们高高低低的。就在一整条的花带后面有着如波浪一样向远处和高处伸出去的花岗岩岩石，其中很多都有冰川打磨的痕迹，阳光一晒那里就像光滑的玻璃发着光芒。低浅的山谷里有成片成片的树木，大多数都是蓬乱的双叶松，尽管如此还是因为生长的环境土壤太少，显得有些纤瘦。此外，矮粗的内华达圆柏（Juniperusoccidentalis），它有着非常明亮的肉桂色、灰色的树叶。它们大多都选择在充满阳光的路上孤独地站着，远离山火，只仅仅靠着少许的根系抓住岩石。这确实是一种非常强健的物种，经得起各种风吹雨打，只以阳光和雪为自己生长的支撑。可能在上千年的时间里，它们仅仅依靠阳光和雪却始终保证了自己健康强壮的体魄。

　　我向着盆地最顶端走去，就在连绵不断的山脊上，有着成群的圆顶形山岩，包括另外一些美如图画的岩块，由银冷杉形成的黑色带状和块状的林带，这些都说明那个地方的土壤十分肥沃。此时的我好想有充裕的时间可以自由地去了解它们，研究它们，甚至我还可以利用这些时间在这轮廓清晰的盆地里来一次短程的旅行。所有从冰川时代起就留下来的岩石痕迹，看起来不论是像碑铭还是雕刻都非常不可思议，这都是极其珍贵的研究资料啊！当我面对这袒露出自己雄伟气势的大山时，我忍不住要颤抖起来，可是我能做的就只有凝视和惊讶，然后和孩子一般到处采百合花，心中永远都有一个期许在未来几年内研究和掌握它们的梦想。

此时最需要打起精神来的是牧羊人和那两条狗，他们要把羊群想办法赶过溪流。迄今为止，这是羊群要淌过的第二条没有桥的大溪流，此前的第一条是在凉亭山附近的莫赛德河北支流那里。过溪流时，狗在叫，人也在叫，驱赶着这几千只怕水且胆小的羊，它们害怕地紧紧靠在一起，没有哪一只愿意先下水。就在这僵持不前的时候，德莱尼先生和牧羊人直接冲过了被惊吓到了的羊群，企图让最前面的羊最先下水。可是这么一来，所有的羊群都往后冲，而且就在这个间隙，羊儿穿过溪流岸边的树林一点点分散到了路面上。依靠两条狗的帮助，牧羊人终于又把羊群拢了起来，继续准备淌水。不过此时的羊群又一次开始离群逃窜。这时候人的叫声和狗的叫声大声惊动了细流，更别说是所有游客都在安静地倾听来自瀑布的协奏曲，更是受到了影响。羊群自然也就涣散了。德莱尼先生大声叫道："先把它们截住，截住！前排的羊顶不住压力就会先下水，然后所有的羊都会下水。"不过羊群没如他所愿，它们还是一群一群地往后冲，一遍遍践踏着岸边的草地，让人感到惋惜不已。

　　能够先让一只羊率先入水，后面的羊就会紧跟着，可是就连这一点都做不到。有一只小羊羔瞬间被抓住强制过了溪流，然后绑在对岸，它在那里不断呼唤着自己的妈妈。母羊听了以后很是担心，一直在回应对岸的小羊。我们明白这招也失败了，于是开始担心是不是会因为这样而要绕道走上一大圈，穿过这大溪流的一条条小支流。这自然需要很长的一段时间，不过对我来说也有好处，我可以从这样的路线当中找寻到这溪流的源头。德莱尼先生显然不是这么想的，他决心要让羊群全体蹚过去，他开始用一种和围攻很像的方法，先是砍下了岸边细长的松树，搭了一个能圈住这些羊的类似羊圈的东西，溪流则是在这羊圈的另一边。就这样，羊群就会很快被赶进水里了。

经过几个小时，围栏搭成了，羊群也被傻傻地赶了进去，它们都在浅浅的溪岸边缘。接着，德莱尼先生挤进了羊群当中，把几只受惊吓最严重的羊丢进了溪流当中。而这几只羊并没有设法过溪流，而是拼命地朝着溪岸的这一边奋力游来，想要回到羊群当中。德莱尼先生再丢了十几只羊下去，随后他也随着羊后面跳入了水中，先是抓住了一只一直在挣扎的阉羊，而后拉到了对岸。只不过他一松手羊又跳回了水中，向它受到惊吓的同伴游去，这些羊的本性就仿佛是地球引力一样无法改变。我很担心，想到即便是有擅长吹笛子的希腊牧羊神潘（Pan）出现应该也解决不了问题吧。所有人这个时候都找不到更好的办法了。这些傻傻的羊看来是宁愿付出生命也不愿意蹚过这溪流。已经全身湿透的德莱尼先生开了个小会，宣布现在能做的就只有让它们先饿着。正好我们趁这个时间还可以在这里扎营，就放任这些羊忍受饥饿和寒冷，最后它们会想蹚过溪流的，当然前提是它们还有理智。过了几分钟之后，没人理会，它们当中的最前面的领头羊就一定会先冒险跳进去，游过去。

紧接着，羊儿都跟着跳入了水中，它们在水中挤着，踩着，不管怎么拦截都无济于事。德莱尼先生又一次挤进了密实的羊群当中，那部分羊有些已经气喘吁吁，有些则是在水里被呛到了，有的马上就要被溺死。他利落地将羊左右分开，此时的羊看起来像是浮在水面上的木头，当然水流也帮了他的忙，羊顺着水流也分开了，形成了一条弯弯曲曲的纵队。前前后后不过几分钟，羊都到了对岸，又开始咩咩叫着吃草了，就仿佛此前没有任何事情发生过。这么多羊完好无损，这事情实在是太神奇了。原来我还觉得，世界上最高的瀑布冲下来的水定会让这些羊被水流扫进优胜美地的峡谷，有了一个命定的浪漫的结局呢。

今天的白天基本上就这么过去了，到了岸边后我们开始扎营。湿漉漉的羊可以开始散开吃草。到了太阳下山的时候，羊也基本上晾干了自己，躺在各个地方开始舒服地反刍，再也看不出它们经历过水中大战。我看过的赶鱼儿怎么都比驱赶这些羊过溪流要简单许多。羊这会儿脑子里一定什么都不想。如果拿它们今天的行为和鹿相比的话，鹿一定会非常听话地蹚过溪流，或者是从一座岛游到另一座岛，就算是和狗、松鼠相比，羊都未必能比得上。故事上常常说到松鼠会挑一条上好的木头，然后用自己的尾巴在微风中作为风帆，穿过宽阔的密西西比河。而这些羊呢，真是无法将一只羊称为动物，就算是整群羊也只能够勉强称作是一个愚蠢的个体。

到达目的地

7月15日

今天我们继续沿着莫诺山道朝盆地的东部边缘前行，就在到达峰顶之前，我们又朝南去了一个能够一直延伸到优胜美地的狭长浅谷中。中午时分我们到了那里，于是开始扎营。午饭过后，我急忙赶往高地，就在那印第安峡谷（Indian Canon）最西面的山脊高处我极目远眺，远处那山峰组成的壮美景象是我最欣赏的。默塞德高处很多盆地都一览无余，它们有着庄严的圆丘顶还有峡谷，绵延成片的黑色森林，还有那一排排已经高耸入云霄的白色巅峰，每一处都有着自己的光彩，散发出自己的魅力，就好像是有如射出的光线一样同我们的血肉融在了一起。太阳照例洒在了万物身上，周围很是宁静，甚至连一丝影响这宁静氛围的风都没有。山峰有着非常丰盈、崇高的美景，而且一望无际，这是我从未见过的美景。即便我选择最为夸张的语言来形容这自然景观，对于那些尚未到过这里还没亲眼所见的人们来说，这雄壮磅礴，且在重峦叠嶂上闪烁的精神之光几乎是他们无法领会的。就在这一阵的狂喜之后，我大声呼喊还手舞足蹈，这让追随我的圣伯纳德犬卡洛吓了一跳，它的眼神当中满是对我这举动的困惑以及关心，它一定觉得我很是滑稽，也因为它的到来让我恢复了平静。有一只棕熊好像从头到尾都是我表演的观众，毕竟我从进入这厚密的森林之后就开始了我的表演。在它认为，我是个非常危险的人，所以它很快就逃走了，就在逃走的过程当中还让灌木丛上的树枝给绊倒了。卡洛也向后退了退，因为恐惧连耳朵都耷拉下来了，它一直在看我的脸，似乎在想我会如何追着这头熊开始射击，因为它曾经参加过很多猎熊的战斗。

向山脊南面的缓坡继续前进，我到了介于印第安峡谷和优胜美地瀑布当中的一块有着巨大峭壁的顶端。站在这里所有知名的山谷都一览无余了。宏伟的悬崖峭壁，有的被雕刻成圆顶丘，有的是三角山墙，有的是尖塔，有的是城垛，有的是单色的悬崖壁画，一切的一切都在雷鸣般的瀑布巨响中颤抖着。山谷底部很平坦，仿佛一座花园，有着洒满阳光的草场、松树林和橡树林。莫塞河（Mercy）

带着帝王的气势扫荡似的流淌，因为太阳的照耀而波光粼粼。高耸的蒂斯亚克（Tissiak）也叫作半圆穹隆丘（Half Dome）矗立在山谷高的一侧，有 1 英里高。它有着非常均衡的外观，富丽堂皇，仿佛是带着生命的事物，在所有岩石当中它给人留下的印象最深，人们忍不住带着虔诚的眼神凝视着它，就算是一瞬间把视线转移到瀑布、草地还是远处的高山，也会最终回到这高耸着的雄姿之上。太不可思议了，它们所有的深度和雕铸都让人惊叹不已，而那恒久的形态更是让人感觉赞叹。过去的几千年当中，它们高耸入云，经历过风霜雪雨，还有地震和雪崩，但一直有着华美的光彩在它们的身上。

我继续沿着山脊边缘向西走，大自然几乎把边缘的大部分都打磨光了，因此我找不到能够站在峭壁表面上最佳的观测点。最后我还是找到了这样的地方，于是小心翼翼地站了上去，身体保持直立，可是心里还是有很多恐惧，只怕是脚下的石头一旦断裂我就会掉入 3000 多英尺的谷底。尽管如此我的手脚却从未发抖，似乎我因为对身体有着信任所以从未有不放心的感觉产生。唯独让我害怕的是花岗岩的岩片和平行峭壁面相结合的地方会或多或少地裂开，岩片看上去随时都会塌下去。我在那个地方看到了绝美的景致，即便是离了那地方我还是万分的激动，我对自己说："再也别去那崖壁边了。"可是，当优胜美地的美景再次出现时，原来谨慎的警告都是徒劳。在那样的魔力的吸引之下，人的身体会不由自主，完全失去控制一般地去任何一个它想去的地方。

沿着峭壁，我一路走一路欣赏着美景，大概走了1英里就到了优胜美地溪。它的自在、优雅和自信的姿态是我所欣赏和钦佩的，这时候它勇敢地流淌到了狭窄的河道中，吟唱着高山之歌，然后就奔向自己命中注定的地方，沿着闪着光亮的花岗岩，带着泡沫的河水下泄了半英里，到了另外一个世界，仿佛迷失在了莫赛德河里。到了那里，气候、植被和四周的动物都和此前完全不同，从最后一个峡谷流淌出来的它以缎带一般的宽阔激流冲过了光滑的斜坡，到了水潭，这是个暂时可以休息的地方，还可以轻轻抚摸一下那激荡着的灰色激流，随后一跃而下，漫过水潭的边缘，到了另一个明亮的斜坡，加快速度冲着峭壁的边缘，带着庄严、宿命一般的信心纵身一跃。

我的手紧紧抓住岩石，脱掉了鞋袜，双脚扣住光滑的岩石，朝着洪水般飞奔过去的水流小心翼翼地下去。水流轰鸣、咆哮着，从我头上一飞而过，看起来很是刺激。原本我想在垂直的山谷峭壁上，倾斜的石帷群就会终止，而且我还认为当石帷群不那么陡峭的时候我还可以探身去看看瀑布，那时候就能看到瀑布的全景是如何一路飞流到底的。只不过结果是，我的视线被小小的峭壁顶端给挡住了，那个地方很难立足，因为太险了。经过一番仔细地观察，我看到边缘有一块狭窄基岩，大约 3 英寸，脚跟是可以容下的。只可惜我还找不到越过峭壁顶端跨到那块基岩上的方式。最终当我研究完岩石表面之后，就看到有很多不太规则的岩石薄片在急流边缘的后面。我或许可以用手指攀住岩石的粗边儿跨到那里去，这是我到那块薄片边缘唯一的办法了。就在旁边的那个斜坡看起来实在太危险了，因为它太光滑也太陡峭，怒吼的水流在我的下面、头顶和旁边都飞速而过，让我极度紧张。我因此下决心不冒险，只不过最后还是把事情给做成了。附近岩石的裂口长着一丛丛的艾蒿（Artemisea），我摘下了那苦涩的叶子，塞进了嘴里，目的是为了防止紧张的晕眩。随后，我用了从未有过的小心谨慎，安全地跨到了小岩架上面，双脚艰难地却稳稳地站在上面，用水平的方式移动了20 到 30 英尺，终于移到了飞流而下的激流那里，原来飞降到这里的激流已经变成白色了。站在这里向下看，我的视野再不被任何事物给挡住了，我看到的瀑布主体分散成了彗星般无数的雪白光束群，一路飞奔到山谷底的中心。

正当我在那如壁龛一样狭小的空间里的时候，危险对我来说仿若无物。我离那气势磅礴的巨大瀑布那样的近，我能看到它的形状、声音和动态，因为这也抑制了我所有的恐惧。一般来说在这样的地方人都会下意识地去担心自己的安全。我是怎么过去的，又在那待了多长时间，又是怎么回来的，我都已经说不清楚了。但不管怎么样，那天我很兴奋，直到天黑后才回到营地，只是在胜利喜悦背后还有些困倦。我从那以后就要避开那叫人担惊受怕的地方了，单纯为此冒一次险还是值得的。第一次我去欣赏内华达高山（High Sierra），第一次俯望优胜美地山谷，第一次听优胜美地的死亡之歌，还能领略到飞跃巨崖的风采，这些都足够成为我毕生的风景财富。而这一个个也构成了这最难忘的一天。为了能淋漓尽致地欣赏到这美景，哪怕是牺牲生命也是很值得的。

7月16日

昨天下午我所感受到的快意，尤其是看到瀑布顶端的兴奋感无疑美妙至极，我因此难以入睡。昨天晚上我不断地因为神经悸动而惊醒，半梦半醒之间居然有了幻觉，好像扎营的山基裂了，一下子掉进了优胜美地的山谷里面。一次次我尝试让自己能够好好睡一觉，可是全然失败了。我的神经太紧张了，梦到了我一次次在空中突袭，看到下面尽是雪崩一样的水流和岩石流。其中有一次我惊到跳了起来，然后对自己说："这是真的了，我们要死了，哪还有登山者能有比这更壮烈的牺牲啊？"

日出以后不久我就离开了营地，终日都在东边漫游。先是穿越了印第安盆地（Indian Basin）的顶端，红冷杉森林在那里生长着，还有美洲滨枣和石兰科植物等的灌木丛。美洲滨枣刺很多，它们长得很是浓密紧凑，这是为了对抗厚厚的积雪，熊果属的植物有着极端弯曲坚韧的枝条，要穿过这样浑厚的灌木丛是很困难的。我继续在峡谷顶端前行，穿过北穹窿丘（North Dome），走到了穹窿丘溪（Dome Creek），这里也被称作豪猪溪（Porcupine）流域。树林当中隐藏了很多优良的草场，这里色彩鲜艳，是因为有很多的小百合（Liliumparvum）以及众多的伴生植物，这种小百合一般都长在海拔8000英尺的高度。我看到其中有不少高度比我还高。这里我看到了很高的山峦，还有高大的南穹隆丘（South Dome）以及其他更为壮观的景色。我听说世界上最大的岩石就是南穹窿丘，尽管它的尺寸很大，但是它非常绝妙，看过的人都很难忘。它有着精致的纹路，和众多精良的艺术品一样非常栩栩如生。

7月17日

集体年，在一条小溪源头边上，我们选择在巍然挺拔的银冷杉树林里扎营，这里的小溪顺着印第安峡谷流到优胜美地山谷。我们要在这里待几个星期。这里最适合到大峡谷和泉水处远足。这些美好的日子里，我可以画素描，做标本，研究地形和野生动物，我们把这些动物都视为是自己最快乐的邻居。不过，我在想我有可能真正认识远处的那些高山吗？如果有幸能进入它们中间，我能和它们一起生活吗？

就在正午时分，一场短暂而猛烈的暴雨来袭，群山和峡谷里有巨雷回响，还有一些雷在很近的地方炸开，那雷声轰隆隆、咔嚓嚓，仿佛是带着惊人的利锋，把紧绷绷的空气狠狠地劈开。打完雷以后，天际边的黑云和滂沱的雨幕就穿过了远处的山峰，赫然一场暴雨。暴雨过去以后，被雨水冲刷过的空气很是清新，弥漫着花香和树香。我好希望能见到优胜美地冬天那壮观的雪暴场景啊！

新营地的床我已经铺好了，那是一张有着长毛绒一般柔软、奢华，充满着香气的床。这是用红冷杉树羽毛状的叶子铺成的，还有芬芳的花朵在枕头里。今天晚上我希望自己不用再做紧张兮兮的噩梦了，毕竟我今天观察的是一只鹿吃滨枣属植物叶子和嫩芽的景象。

7 月 18 日

昨晚我睡得很好，没有坍塌的山谷峭壁，可是我在半梦半醒之间还有一种幻觉，自己仿佛在岩石边缘，身下还是有白色奔腾着的洪水。奇怪的是，我现在离瀑布仅有一两英里，而自己始终是在平静山林的怀抱中，那一次的冒险活动存在的后遗症，居然让身处瀑布边缘的我还在心惊肉跳。

从足迹来判断，在这里熊是很常见的动物。中午时分来临的时候，暴雨又一次降临，它还是伴着激烈的、骇人的雷声。那如撞击金属一样震耳的锵锵雷声，远远地化为了低沉的男低音，然后慢慢地如呢喃一般消失了。几分钟以后，大雨就像是瀑布的水流一样泼了下来，随后是冰雹，大概是直径一英寸的冰雹，没有规则的形状，和在威斯康星州看到的冰雹很是相像。卡洛见到冰雹拍击和摔打时，非常惊异，特别是从颤抖的树枝里噼里啪啦地落下来的时候，有着极为壮观的云景。午后，宁静到来，天空开始明媚起来，空气中还有杉树、花朵，以及从地面蒸腾起来的清新空气的气味。

7月19日

看破晓和日出。天空从浅玫瑰色和紫色渐渐地变成了如水仙花一般的黄色和白色，穿过山顶之间的山道有着太阳光线，它们穿过了优胜美地穹窿丘而洒下来，山峦边缘着了一种像火一样的颜色，银杉树站在地带中间，它们尖塔一样的树梢抓住了闪着的光焰，营地里的小树林开始震颤起来也是因为这灿烂的阳光。万物快乐地苏醒了，小鸟和无数的昆虫也变得活跃起来了。灌木丛中，有鹿静悄悄地隐藏在枝繁叶茂中间，消失了露水的花儿展开了花瓣，高速地跳动着每条脉搏，欢欣着每个生命的细胞，除此之外岩石仿佛也有了生命的感觉。大地像是热情的光涌动在每张脸上。在地平线上的蓝色有着浅浅淡淡的颜色，像一朵低垂着的花朵一样，笼罩在万物之上。

到了中午时分，大片的云团如浮雕一般凸起又开始在森林的上方聚集起来，同往常一样又是一场气势磅礴的大雨，那气势我从未见过。那犹如银色锯齿形长矛长度的闪电远超过平时，头上的闷雷轰隆隆，势头非常猛烈凌厉，叫人惊心动魄，仿佛每一次都用了万钧的能量炸开的雷，几乎要炸坏整座山，但事实是只有几棵树被震碎而已，我看到从前我散步时看到的一些树木零零星星地躺在地面。最后伴着一阵精粹的雷声之后，就是轰隆隆的低沉声调，越来越弱，渐渐地只回响在远处山峦最深幽的地带了，好像是雷声也在这一刻回了家。接下来又有一声声巨响，也可以说是轰鸣的雷击纷至沓来，有一种要把天劈开的气势，甚至不知道是不是有哪一棵巨大的松树或是杉树会被从头到尾劈成细细的木条，或者是小小的如银器一般的碎片，随意地散落在四面八方。雨下来了，这气势绝不弱于磅礴的雷声，流动的雨水就像是在每一个地方都覆盖了一层水床单一样，透透的又像是薄膜，它紧紧地束缚着大地各处高高低低的骨骼。一场大雨下来，岩石也都变得闪闪发亮。峡谷当中，雨水聚集，溪流随之泛滥成了洪水，时而大炮一样的轰鸣，时而呼啸而过，好比是在和高处的雷声相得益彰。

如果每个雨滴的历史都去追溯的话一定是件很有意思的事情。据我们所知，从地质学的角度说，第一滴落入仍是光秃秃的内华达地区的雨滴距离现在并不远。可是现在滴落下来的这些雨滴却有着迥然不同的命运啊！落在这美妙的地方它们实在是太幸福了，几乎每一滴都有美好的地方可以落脚，譬如山巅、闪着光亮的冰川路面、光滑庞大阿德圆顶丘、森林、花园、长满灌木的冰碛石，这里的万事万物都在水滴的飞溅、击打之下被洗涤着。有一部分雨滴汇入了高山积雪的泉水中，泉水因此而更加丰饶富足；一部分雨滴落入了湖泊，把群山涤净，再轻轻地拍打平静如镜子一般的湖面，一点点小小的旋涡如酒窝一般，有泡沫还有水花；一部分雨滴落入了大大小小的瀑布里，激起了更细的泡沫，它们急切地想要加入歌舞的行列。有着好运气的山区里的雨滴，快乐地做着各种快乐的事情。雨滴本身就像一帘长长细细的瀑布，从耸入云霄的峭壁落入岩石的峭壁和凹地，或是从空中的雷鸣化为奔腾而去的横流的轰鸣。有些落入了草场和湿地的雨滴，悄然隐身，就在草根处，就像是还藏在窝里那样，四处寻找派给它们的工作。还有一些顺着树木尖塔处往下渗透的雨滴，在闪亮的针叶当中四处飞溅，对松针诉说着激励和平安。还有怀抱着快乐目标的雨滴停留在闪闪发亮的水晶矿石面儿上，这当中有石英（Quartz）、角闪石（Hornblende）、石榴石（Gamet）、锆石（Zircon）、电气石（Tourmaline）、长石（Feldspar），这些金的劈理面（Grains）以及由于长时间地质演化而遭到剧烈磨损的珍宝也被雨滴温柔地拍打着。还有一部分雨滴落在了藜芦（Veratrum）、虎耳草以及喜普鞋兰属植物（Cypripedium）宽大的叶子上，一阵噼里啪啦的钝音和如咚咚的鼓声一样的声音传来。

不少直接落入了花盏中，很是欢快地亲吻着百合花的唇瓣。它们还要走多远，是要将所有的花瓣都注满吗？那些小到肉眼都看不清的细胞，还是能容下仅仅半滴水滴的花盏，还有山川间的江河湖海，雨滴的关切都是一样地充溢其中。带着天空祝福的雨滴每一个都如同银色的新生星星，大地拖起的譬如江河湖海、花园森林、峡谷群山等，都因为在这些星星那水晶般剔透的深渊里折射着。上帝把雨滴作为使者，作为爱的天使派到爱的路上，携带尊贵、壮丽还有所有展示的力量，人类尽管最伟大的表演在它面前都变得很拙劣。

暴雨停了，天空又重回清澈，远处的雷声也消失在了群山之间，那么雨滴又去了哪里呢？原本闪着亮光的雨滴又成了什么呢？它们当中的一部分借由水汽的翅膀匆匆忙忙回到空中，还有一部分到了植物体内，悄悄地渗进了肉眼也无法察觉的细胞圆形"小屋"。一部分则在岩石的晶体和冰中锁了起来，一部分渗进了多孔的冰碛石里，以保证涓涓细流继续向前流淌，一些到了河流当中开始了另一段流程，准备和大海的雨滴们汇合。它们转换着自己的形式，过渡为另一种美丽，一直在变化生生不息，用爱的激情持续运转，和群星一起高歌永恒的创造之歌。

7月20日

美好安静的清晨，满是清新充满张力的空气，没有一丝风的迹象。闪耀着的万物，连同那带着湿水晶的岩石，和含着露水的植物，它们都从阳光那里得到了一份彩虹色的眷恋，好像是给予每个生物的早餐一般。诗人柯勒律治曾说过，这天赐的露水像是天上掉下来的小星星，从闪耀着群星的天空坠落。那沐浴着露水的微小微粒让人赞叹不已，一颗露珠要多少这样的微粒才能构成啊！黑暗中，多少这样的露珠静静地成长。这荒野的健康要怎样保持，无疑很是费神，有雪，有雨，有露水，还有大量如洪水倾泻的光，还有看不到的水汽、云和风。所有的气候、植物相互影响，动物之间也在互相影响，一切的一切都很难想象。大自然用一种异常缜密的方式在运作，它的美精心地交叠。矿石晶体覆盖着大地，苔藓、地衣、低地蔓物覆盖着矿石晶体，而比它们更大的植物覆盖着这些地面的植物，植物的叶子和叶子相叠，变换着形态和色彩，更高的地方则是宽阔、伸展着的杉树叶子，最终覆盖这一切的是蓝色苍穹，上面还有星辰以及星辰之上的星辰。

远处矗立的是南穹隆丘，它的底部山基距离营地大约是 4000 英尺，而丘顶却在营地的正上方。它是一块仿佛充满了思想的尊贵岩石，外面穿着生机勃勃光线做的外衣，不带任何一点死石头的感觉，因为它的灵气。神一般的气质让它不轻不重地站在那里，彰显自己尊贵的能量。

我们的牧羊人有着古怪的个性，在荒野中他很难给自己定位。掺杂着腐朽松软枯木的干燥红色土他一个人挖出了一道浅坑，那就是他的床，边上插上的原木是羊圈南墙的一部分。躺在那里的他，还穿着那身神奇耐用的衣服，盖着红色的毯子，呼吸的空气除了朽木灰外，就是来自羊圈里的尘土。嚼完了一天的烟草之后，似乎他还特别愿意一整个晚上都呼吸那带着氨气的味道，放牧的时候，他总是一边挎着重重的左轮手枪，摇晃在自己的腰带里，另一边就带着自己的午饭。午饭通常是刚出锅的肉，他用一块旧布包着，透明的油脂和肉汁顺着这类似过滤网一样的旧布滴下来，滴落在他的屁股和右腿上，好像丛生的钟乳石。

只不过这油质地层当他在原木上休息、坐下、翻身或是跷脚的时候就瓦解了，随着他反复揉擦，油脂非常均匀地渗入了他瘦小且单薄的衣服上，让他的衬衫和裤子都因此而闪闪发亮，特别是他的裤子，油脂掺杂着树脂混合在一起，就会变得格外的有黏着力，凡是像松针、树皮的薄片，还有纤维、头发、云母片、石英石、角闪石的微粒，羽毛、种翅、蛾子和蝴蝶的翅膀、昆虫的细腿或是触须，还有小甲虫、蛾子和蚊子等小昆虫，花瓣和花粉的粉尘，可以这么说，只要是可以黏附到他裤子上的动物、植物和矿物质小块都牢牢地黏着在上面。虽说他并不是伟大的博物学家，可是所有东西的残缺标本他都收集了，就这一点来说，他居然有他所不知道的富有。并且因为纯净的空气，标本被包含在沥青"温床"的松脂里面，保鲜自然就没有问题了。人类本身就是一个小宇宙，牧羊人的裤子就证明了这一点。这套他很是宝贝的工作服自己从来没脱下来过，谁也不知道这裤子他穿了多长时间，或许裤子的厚度还有同心圆的结构可以作为推断的依据。这裤子不仅没有越穿越薄，而是越来越厚，成年堆积在那里的层理从地质学角度来说还是有很高的价值的。

比利除了牧羊还有时会做屠夫的工作，我一般是做清洗铁制或是锡制餐具的工作，另外还有烤面包。当太阳高高地挂在山顶上的时候，我的工作已经完成了，自由地在羊群的另一侧在野地上欢腾，享受一天当中内容最为丰富的时光。

我坐在北穹隆丘上画着素描，只因为这个角度能够环视整座山谷和所有的高山。把我看到的一切都用素描的方式画出来，譬如岩石、树木和叶子，我乐衷于此。不过我只能勾画出轮廓，除此以外也做不了什么。轮廓和文字一样都是有意义的，是只有我能读懂的富豪。我仍然会削尖我的铅笔，画着我的素描，就像他人也能从中获益一样。这些画叶不论它是不是也会同叶子一样落下消失，或是能如信件一样到达朋友手中，这些我都不是很在乎，毕竟未曾见过如此美景的人，是很难从中获得太多信息的。这里不会有痛苦，不会有空洞单调的时候，也不会有对过去的恐惧，对未来的担忧。上帝的美充溢在每个受庇佑的山峦，人类所有渺小的希望和经历都不会在这里找到合适的空间。喝下像香槟一样的水就是一种难以形容的愉悦，呼吸着有生命力的空气也会有相同的感受。来自四肢的每一项动作也是快乐的，只要是在美面前，整个身体暴露着都会感受到美，好比是感受到了来自于营地篝火或是阳光的温暖一样，不单单眼睛可以看到，身体上的每一寸肌肤都可以感知那犹如辐射一般的热量渗透进来，人在其中会被一种心旷神怡的迷醉感包围，确实无法用语言去形容这感觉。那时候身体每一寸地方都会如水晶一样通透。

我如苍蝇一般在优胜美地的穹隆丘停留了下来，凝视、素描还有晒太阳，更多的时间我都让自己沉浸在无言的赞叹当中，不再总是想着要去了解更多，而是在希望的大门前面，怀抱着忐忑和渴望，面对着上帝无处不在的神奇威力，谦卑地俯身下来，克制自己，捐弃自己，只希望获得上帝神圣手稿中的一个训诫而不惜牺牲自己。

了解或是解释优胜美地似乎没有感受它的壮美容易。巨大的岩石、巍峨的树木还有潺潺的溪流三者非常精致地融合在一起，却又好比遁于无形之间。参天大树长在了 3000 英尺陡崖的边缘之上，远远望过去就像是生长在低矮山丘上的青草。一片约 1 英里宽、

7~8 英里长缎带一般的草场就在陡壁以下，看上去是一块小小的田地，农夫用一天时间就能收割完的那种。瀑布有 500~2000 英尺左右，水流翻过了陡壁急流而下，发出了响彻山谷的声音，每一块岩石都因此颤抖，不过在雄伟的崖壁面前它也只能屈尊，急流化作了几缕轻烟，温柔得如浮云一般。东方天际排列的那些群山，前面的圆顶丘，还有那总在汹涌上涨的、光滑且回转的山岩之浪，越走越高。在凹浪之中，黑色的林带掩映着，一大片生机勃勃辽阔和瑰丽衬托出了它的安详，它们好像是要把殿堂一般壮美的优胜美地给隐藏起来，那样的话看起来就更像是臣服在这广袤土地当中的一个景致了。所以每当我试图去欣赏一个单一的景观时，我总是会感觉有其他景观的气势在摧毁我这个念头。紧接着，这还不够，天空当中还会有另一条山脉升起，和它下面的山脉颇为相似，也是崎岖不平、坚实牢固的地势，却有覆盖着白雪的山顶和圆顶，幽暗朦胧的山谷。这无疑是内华达山的另一个翻版啊，雷声和暴雨的预示下创出的新天地。大自然习惯用温柔来呵护美，但同时也不忘用旺盛的精力和诚挚来表现执着的狂野。

一方面大自然像辛勤的园丁一样浇灌百合花，为它们着色，温柔地抚摸着一朵又一朵的花，另一方面它有能造出岩石的山冈，还有那些肆虐着黑云，闪电和雨水的山冈。一块向外延伸的悬崖成了我们躲雨的好去处，我们在那里快乐地观察能抚慰人心的蕨类植物和苔藓，在山石裂缝和缝隙之间的它们代表了温存的爱。还有雏菊和伊薇蔷薇（Ivesias），它们都是可以对大自然袒露自己内心的儿女，尽管娇小但很勇敢。这些小花的出现让人有归家的感觉，暴雨声似乎也不那么突兀了。一会儿阳光破云而出，蒸腾起了芳香的气味。小鸟飞出在树梢上歌唱。西边的天空当中有金色和紫色的云在燃烧，一切日落的仪式都准备好了。这时我带着笔记和画回到了营地，我脑海当中还留存着如梦一般的画面，这一天的收获太丰富了，它是那样意外地开始又意外地结束了。仁慈的上帝把这尘世间的永恒作为礼物送给了我。

我给母亲和几个朋友在信中都提到了大山。那时候我感觉他们就近在咫尺，能听到他们的声音，感觉到他们的存在。朋友因为孤独和寂寞的减少而变得越来越近。我吃了面包，喝了茶，就躺在杉树叶铺成的床上，同卡洛说晚安，再看一眼百合一般的星云，就昏昏沉沉地睡去了，直到另一个内华达山的黎明降临。

7 月 21 日

没有下雨，我在穹隆丘上素描。中午时分，天空被云盖住了1/4，溪流源头，有白色雪山非常雅趣的倒影，气温最高的那几个小时，它们给予了花园最清凉的凉棚。

我看到了一只家蝇、一只蚂蚱和一只棕熊。在穹隆丘上，家蝇、蚂蚱和我欢快地相遇了，同时我还探访了棕熊。那是在营地和穹隆丘之间的一块小小的花园草地上，它站在花丛中很是警觉，似乎不愿意让人看到它好看的样子。今天早上，就在距离营地还不到半英里的地方，卡洛一路小跑着到了我面前，突然很谨慎地停住了。它垂着自己的耳朵和尾巴，向前弹出灵敏的鼻子，好像是要对我说："你说这是什么，我猜应该是一只熊。"随后又很小心地朝前走，压低了自己的四肢，同正在捕食的猫很是相像，它想要确定自己刚才在空气中闻到的气味来打消自己的疑虑。随后它又盯着我的脸，朝我跑来，它那好像能说话的眼睛就向我报告，附近确实有一只熊。接着像有着丰富经验的猎人一样的卡洛又小心翼翼地带领着我，争取不弄出大的动静，只是一直回头看我，好像在说："我带你去看，就是一只熊。"此时我们到了一个地方，有着透过紫色杉树树干缝隙下来的阳光，这证明我们正在接近一块空地，卡洛就在我的身后，因为它很确定附近有熊。我悄悄地爬上了小花园草地边缘的冰碛砾石低矮山脊处，我知道，熊一定就在那草地上面。

我很急切地想去了解这强壮的登山者，可是又不想惊到它。于是我尽可能地压低我的声音，站在一个大树后面，只是微微探出了头，从粗壮的树干后面朝前面看去，果然那"熊先生"就立在离我非常近的地方，它的屁股已经被高大的花草给遮住了，两条前腿倒在了一棵杉树的树干上面，高高地昂着它的头，看上去还挺像是站在那里的。它没发现我的存在，而是很专心地在观察和聆听，或许这样也说明它已经意识到有人在朝它靠近。我仔仔细细地看它的动作，只希望能利用这个机会最大限度地去接近它，多了解它一点，可是又担心它会因为我的出现而逃跑。别人曾告诉我，这种红褐色的北美熊，如果发现有人类存在的话，就会马上逃掉，除非是受伤或是为了保护幼熊才会打斗，一般不会攻击人类。在阳光普照的森林花园里，这只熊警觉地站在那里，好似一幅流露出真情的画面。它的角色扮演得非常准确，而它的身躯、颜色还有乱蓬蓬的毛发与周围的树木和植被融合得恰到好处，和大地上的其他地形地物一样非常自然。

我很淡定地审视着它，看到它宽宽的胸前有着乱蓬蓬的长毛，警觉的鼻子向前探出，僵直的耳朵则是让毛发几乎盖住，沉重而缓慢地移动着脑袋。我想看它奔跑的步态，于是我朝着它大叫，还摇着帽子向它奔去，我以为这么做会让它急忙逃跑。可是让我感觉意外的是，它一直没有跑，更没有想跑的意思。相反它已经做好了保护自己的战斗准备。它微微低下头，向前探出自己的身体，用凶狠的眼光看着我。我有些害怕了，恐怕自己才是要逃跑的，可是我又不敢跑，于是和它一样安静地站在那里。我们之间的距离大概是12码，双方都在沉默中盯着对方，站着。我多希望人类能有传说中那么有能量的眼神，能够战神野兽。我不知道这紧张的会面还会维持多长时间，但等到时机成熟了以后，它就会移开自己在树干上的巨大双掌，从容却庄严地转身，然后悠闲地走上草坪，还时不时地看着我是否过来追它了，然后继续前行，看起来它不怕我，当然也不信任我。这是个体重大约500磅左右的大家伙，魁梧的体形，铁锈一样颜色的长毛，这野性估计没有人能驾驭。但我知道它是个快乐的家伙，因为它行走的路线已经证明这一切了。

那片满是鲜花的空地，就是我观察熊的地方，那好比一幅在相框里的画，是我见过的地方中最美的之一，它孕育了多少大自然珍贵植物。摇摆在熊背后的是高挑的百合花，还有天竺葵（Geraniums）翠雀属植物、楼斗菜和雏菊，它们轻抚着熊身体的两侧。这地方可以说是为了熊而准备的，而不是天使。

在峡谷里拥有最高权力的是熊。在这里它有成百上千种食物，因此它从来没挨过饿，因为它可以用其中的任何一种来充饥。一年四季它都不缺吃的，这山像是一个食品商品，大山上排满了食物。它能从这个架子爬到那个架子，上上下下，不同的季节尝试不同的食物，就好比是跋涉了上千英里，到了南北不同的国家，尝过了种种新鲜的食品。我非常希望能更多地了解这毛茸茸的兄弟，尽管早上，我的这个快乐的邻居——优胜美地熊，在它走出我的视野之后，我还是被迫回到营地去取了德莱尼先生的来复枪。为了保护羊群，必要的情况下我还是会朝它开枪的。所幸我没有找到它，即使我顺着它的足迹朝霍夫曼山（Mount Hoffman）走去，大概一两英里后我还是没看到它的踪影，不过我仍然很高兴地回到了优胜美地的穹隆丘，祝福它快乐平安，于是我继续开始了我的工作。

我发现那只家蝇也很是自在，当我开始画素描，还在重温自己和熊的相逢的时候，它们就在我身边不停地飞着。到底是什么把家蝇也吸引到这里来了呢，这让我感到很是诧异。想必像它们这种习惯以油腻食物为主食的动物，应该是喜欢舒适的家居的，而不适应寒冷气候的。可是它们怎么就跨越了海洋沙漠，从一个大陆翻山越岭到了另一个大陆呢？很多时候，动物和植物所在地域的分界线就是这些地域的分界线。像是甲壳虫和蝴蝶就常常受限于一个小小的区域。每一座山，甚至是同一座山的不同地方，物种分布都有自己的个性。唯有家蝇是无处不在的。我想弄清楚是不是有哪个海洋当中的小岛没有家蝇。优胜美地的森林当中有着众多的反吐丽蝇（Bluebotle）。随时随地它们都准备产下数量惊人的卵，靠着腐肉的营养又长出了大量的家蝇。这里还有大黄蜂（Bumblebees），所有的花蜜和花粉都是它们营养的来源。在很多山麓丘陵里，蜜蜂尽管很多但是这么高的地方它们从未来过。加利福尼亚的第一批被带来的蜜蜂也不过是几年前的事情。

还有快乐的奇怪小东西，蚂蚱。它们也跑到了这么高的地方远足，我搞不清有多高，反正应该和来优胜美地旅游的游客走得一样的高。今天下午，我在穹隆丘那里见到了一只又唱歌又跳舞的蚂蚱，我因此感到非常愉悦，我也看得兴趣盎然。似乎它极力地在找乐子，找热闹，它一跳就跳上了20~30英尺，然后又如潜水一样俯冲，接着又跳起，然后再降落，还不断地发出清脆的咯咯声。上上下下它来回跳了十几次，这才落下休息，又开始再次跳起，重新来一个循环。它俯冲和发出声音的时候在空中划了一道弧线，这和被绑住两头悬挂着的绳子弧度非常相像，最重要的是它每次跳起来的弧线都高度重合。我以前没有见过哪一种生灵身上也有它们这样勇敢、欢快和自由自在的生命享受。这山中最快乐的孩子就是这红腿蚂蚱，它的生命当中浓缩了纯然的快乐。只要是说起这自由的、活力非凡、嬉戏着的小生灵，相比只有道格拉斯松鼠能与之相比了。

群山有着庄严的气质，但是有了如此自由奇特的生物，那真是高声欢呼，很棒的一件事。在蚂蚱的体内似乎蕴藏着大自然那孩子一般的欢腾，而从未在意任何世俗的沮丧和忧郁。我不知道小蚂蚱是怎么发出声音来的。蚂蚱在地面的时候几乎没有声音，就算是从一个地方飞到另一个地方也没有声音，只不过当它以弧线俯冲的时候就有声音了。应该说，声音和动作二者是相匹配的，发出的声音越大就说明它俯冲时的精力越充沛。在它表演的间隙我尝试去接近它，仔细地观察，不过它不愿意有人接近，两只小眼睛紧紧地盯着我，而且那善跳的腿还做好了随时弹开的准备。在穹窿丘行，这个小东西当时可以当作不错的布道来为我悟道，不过在这个地方我极可能会找到莎士比亚笔下《皆大欢喜》当中的"木石垂教"，而不是去找蚂蚱布道。这个硕大的讲坛对这个小小的布道者太大了。大自然既然能把这个如弹簧一样弹跳的小蚂蚱创造出来，还能让它发声，那在大自然膝下一定不会有显出软弱的危险了。即便是和熊相比，这个快乐的小东西似乎更能把大自然当中的力量和愉悦淋漓尽致地传达给我。它们的世界里没有烦恼，更不会有不顺意而带来的寒意在它们眼中出现。它们生活的每一天都是节日，当生命的太阳落下之后，它一定会拥抱森林地面，然后安然地如花朵和落叶一样死去，更不需要留下不雅观的遗体。

日落来临，我必须先回营地去。三位朋友，晚安。那站在美好的如伊甸园一般的花园里的棕熊，它充满了粗糙巨石一般的活力；不安生的苍蝇扑着薄纱一样的翅膀，振动的是全世界的空气；一直弹跳的蚂蚱就像快乐的电火花，它们孩子一般的笑容让庄严的群山都变得活泼了。感谢有你们三位的陪伴。晚安，我的朋友，上天指引的是每一个能走会飞的生灵，晚安。

7月22日

今天一早，营地里穿过了一只漂亮的黑尾鹿。这是一只雄鹿，头上有着宽宽鹿角，展现出了叫人钦佩的优雅和活力。野外的动物兴许是在大自然的眷顾之下所以才具备这么惊人的美貌、力量和优雅的举动。可是动物驯养的经验告诉我们，这些野生动物很可能会由于被忽略而退化。不过有了大自然，这些动物会在它的哺育下慢慢地越来越完美。和其他的野生动物一样，鹿也纯净得同植物一样。在警觉或是休眠时的所有动作，相比弹跳时蓬勃的力量更让人无比惊讶。一举一动都完全是仪态万方，都是诗歌本身。通常我们在谈及大自然母亲并不是现实当中真正哺育万物的母亲，但是也会提到它该怀着怎样的睿智、严厉和温柔的关爱去关心和照料野地里的这群孩子啊。越是接近这动物，就越是会拜倒在这登山能手之下。它们走进荒芜之地的中心，非常顺利地依赖提取自己的能量，它们穿过的有布满倒下的树木和巨石而寸步难行的浓密灌木丛和树林，还穿过峡谷、溪流和雪地，一直都带着明丽和勇敢。它们在这里任何一个地方都可以生存。在佛罗里达大草原和山冈之上，还有加拿大的森林里，甚至是遥远的北方，那些长满了青苔的苔原之上，它们游过了湖泊、河流还有海湾，在拍打着波涛的岛屿之间，它们还曾经爬过堆满乱石的山峦，不论是什么地方都表示出健康和干练，增添了山水的美感。唯有让人真真正正钦佩的生灵才称得上是大自然最显赫的荣耀。

营地东面几百码的花岗岩山脊，有一棵银杉树伫立在那儿，我始终在给它画素描，因为它好像在对我讲述着一场非常独特的雪暴。这是 100 英尺左右高的银杉树，长在了赤裸的岩石上面，由于风化的作用，它的根插在了尚不足一寸的裂缝当中，那地方还因为膨胀承载了这棵树的重量。就在它还是一棵小树的时候，北方的风暴来了几乎要把它吹倒。我们似乎可以从那已经枯死了的、向外倾斜的老树干上看出曾经发生过的那场可怕的事情。不过折断的地方它又重新找出了新枝，有了现在活着的树干。现在这新生树干的年轮早已超过了原来死去的小树，无疑也暴露了暴风雪曾来过的时间。这棵树还可以长出无数的水平枝丫，当中的一枝居然还可以向上弯曲又笔直生长，这就是长出来的新树替代了原来的主轴。实在是太神奇了！

这场暴风雪不仅在这棵树上可以看到痕迹，其他的譬如松树和杉树也是它的见证。有几棵树高大概在 50~70 英尺的树也折倒在了地上，而且被掩埋了。整个小树林被清理得再也没有一根树枝或是一根针叶，一直到了春天来临时这才出现。那些具有弹性还没有完全死去的幼苗借助着风的力量，再一次顽强地生长着，有一部分还长得很是笔直。折断了主干的树木也在尽可能地从断裂处的下方生出旁枝，从而让自己有发育新的主干的可能。这仿佛是一个断了背的人，他只好弯着腰，但是居然在骨头断裂的地方又有新的脊梁骨在生长，发育出了新的胳膊、肩膀和头，而原有折断的部分则慢慢死去。

到了中午，云顶和云山还是照例出现，云的山脊和山脉还是在变幻着自己的风貌，就像大自然从未停止过爱这份工作那样，所以每一天都在重复着相同的工作，不厌其烦地创造出美丽，从来不说辛苦。就在闪过几道锯齿一般的闪电和 5 分钟持续的阵雨后，云层和雨块开始消退，天空也慢慢地晴朗起来了。

7 月 23 日

正午时分，再度出现了云乡美景，无论看多少次都看不厌的力量和美展现着，我感到了一种无法用语言来形容的无奈的感觉。很多人都在赞扬云彩的美，可是他们究竟说出什么呢？就在绞尽脑汁去思考如何描述那耀眼的云丘、云脊，还有那阴沉着的云的海湾和峡谷，如羽毛一样的沟壑的时候，云彩就转瞬即逝，丝毫没有任何一丝一片在空中留下痕迹。不过，同那些经历了千百万年仍旧不灭的花岗岩岩石一样，这些瞬间消失的空中云峦也一样的坚实且无可忽视。它们有兴亡之变，上帝的历法当中存亡的时间无所谓长短。在惊异、崇拜和赞扬当中，我们只能幻想，此时我们的快乐，和那些有着远大眼界且具备相同感受的朋友所说出的内容相比要更强烈。而且我们还因此了解没有一颗晶体或是水蒸气的微粒真实地消失了，这和软硬没有关系，它们只是通过蒸腾和暂时的消失升华了自己高洁的美感。而我们的工作、责任和影响启示不过是在尘世间用忙碌掀起的尘嚣，可是就算是我们也和地衣一样保持沉默的话，天空的云彩还会有相应的效应。

7月24日

中午的天空有一半是云彩，下了半个多小时的大雨，清洗出了这世间最干净的一块大地，这是一场多么酣畅淋漓的清洗啊！所有的路面、山脊、圆顶丘还有峡谷，结冰让它们闪闪发光，那远远的山巅好比是用雪筑起了藩篱，也好似带着泡沫的波浪，和大海的洁净几乎没有差异。天空当中最后几片像薄膜一样的云也消失了，树木就此清新而宁静。过了几分钟，树都在兴奋地向咆哮的暴雨弯腰表示敬意，它们有着对上帝膜拜一样的热情，充分地挥动、旋转自己的枝丫。只是在耳朵听来，树已经是安静了，可它们的歌唱还没有停止。肉眼无法看到的细胞都同乐曲和生命一样在悸动，纤维也如竖琴的琴弦在震颤着，那富含香脂的花冠和叶子不断地涌出浓浓的香气。也难怪上帝的第一圣殿在这片山丘和树林上了。砍倒树木建的教堂越多，就离上帝越远，看到的上帝身影就越模糊。即便是石头造的教堂也是如此。

就在营地树林的东边，就有一座大自然的教堂伫立着，生机勃勃的岩石经过砍劈之后形成了传统构架的它，大概有2000英尺高。它被锥形尖顶和石塔高贵地装饰着，阳光如潮水一般激动颤抖地照射着，和所有树林形成的殿堂一同生机盎然，给它最合适的名字就应该是"大教堂峰"（Cathedral Peak）。即便是一直对岩石都置若罔闻的比利，这个时候也常常忍不住会多看它几眼。在烈火中拒绝融化的冰雪也很难比在面对如此拥有上帝光辉之美全然没有反应更叫人惊奇。我希望比利也能到优胜美地的山谷边上去观赏一下，我愿意为他放一天的羊，他可以腾出时间来和其他地方的游客一样去欣赏美景。可是即便如此，他还是不愿意去，就算是仅仅只有不到1英里的距离他也始终没有出发。他说："优胜美地有什么，不过就是一个峡谷，很多很多的石头，还有一个地上的大洞，掉进去多危险你知道吗？还是要离它远一点。"我坚持像个传教的传教士一样劝他还是可以去看看："比利，你知道那些瀑布，想象一下，那天我们穿过的大溪，大概从空中直下半英里左右。那场景，那声音，你应该能看到、听到吧，就好像是大海在咆哮一般。"比利似乎对此还是没有太大的兴趣，他说："那么高的地方，我站上去会害怕的，我会头晕。那不过就是石头，我觉得没什么好看的，这儿不也有很多？花钱去看石头和瀑布的游客真是傻子，没什么稀奇的。我在这地方待的时间够长，你是骗不了我的，我也不会去的。"在我看来，比利的灵魂已经睡着了，或者说卑微的快乐和烦恼已经蒙蔽了它。

7 月 25 日

天空又有了云景，不少地方的云好像都成熟过头了，已经变得脏兮兮的，还开始腐烂了，在风的拉扯作用下成了小碎片，天空因此变得非常邋遢。内华达的夏天，正午不会有这样的云彩，因为光滑的轮廓和曲线让它们在视觉上好比是冰川打磨过的圆顶丘那样，十分秀美。从 11 点开始它开始形成，站在高山营地上，仿佛触手可及，清晰到让人忍不住要站到更高的地方去看它，去追寻那像瀑布一样从幽暗泉水喷流而下的溪流。它们一般会带来暴雨，和顺着岩石而下的瀑布那样威严。我此前的旅行中，我还没见过比变幻着的它们更新奇的呢！那么美好的颜色，清晰可见的瑰丽生成过程，变幻着的景致和整体效果，我实在难以找到合适的语言来形容，或许只有雪莱的那一句诗："我把白雪筛落到下面的山上。"

**湖光山色
最怡人**

7 月 26 日

在海拔 11000 英尺的霍夫曼山的顶端漫步着，这是我此生旅行达到的最高海拔。我所见的一切景色都大气磅礴。那么多的新鲜的植物、动物和晶体岩石，还有比我所在的霍夫曼山更高的山峰，它们巍峨雄壮地沿着山脉中心屹立，有着安详轩昂的气概。覆盖着白雪的山峦，阳光播撒着，在山峦的下方，有着光彩夺目的圆顶丘和山脊，山谷里的森林、湖泊和草地掩映着，甚至那湛蓝的天空也好比蓝色的花钟一样笼罩着美丽的一切。我被这美好的一天带入了奇幻一般的新领域，耳边响着大自然温柔的声音："去更高的地方。"如此博大的景象我知道多少，我又问过了多少呢？我那样地渴望有一天自己能了解更多，能明白所有纠结在这神奇书页上的符号背后的象征意义。

距离主山脉中心线约 14 英里的山脊就是霍夫曼山，也就是被俗称为"尖坡的"至高点，它如浮雕一样单独地凸显于山中，显然它不是不均衡的地质腐蚀作用而产生的地质遗迹。在南面的山坡，通过特纳亚溪（Tenaya Creek）和穹隆丘（Dome Creek）溪流流入了优胜美地峡谷，北面的溪流则是大部分经由优胜美地河流汇入莫赛德河，还有一部分流入托鲁姆涅河。这里所有如画一般的柱形和城堡形状的红色变质板岩中堆满了成堆的花岗岩，还有一些呈零星的山丘状分布着。不论是花岗岩还是板岩都有裂缝，看似人造石，随意地被分割成了小块，好似《圣经》当中说到的"他创造了群山"那一段。山的北面有着陡峭的地势和气候凉爽的山谷，堆着大量的积雪和冰，这也是优胜美地流淌着的溪流的源头。南侧的山坡坡度较小，更适合攀爬入山。一直垂直延伸到山顶的沟槽形状的峡谷很是狭窄，好比是窄窄的胡同，定是由于抵抗力弱的地层因侵蚀而形成的。这些地方的地理位置尽管都同经常闹鬼的地方相比更高些，可是还有不少人称之为"魔鬼的滑梯"。我们在书中读到的是曾有魔鬼登上了无比高的山，但他并非登山高手，这是由于林带的上方很少有他的踪迹出现。

灰色山顶那样宽，却在那么长的时间里被如饥似渴地去腐蚀它们的风暴一再地磨损和消耗，现在看上去总显得贫瘠荒凉，可是再细细观察的话，就会看到它们上面覆盖着上千万种迷人的植物，一律是小小的叶子和花朵，通常没有成片色块的观感，因此几百码的距离就会让人忽视它们的存在。天蓝色的雏菊在潮湿的山谷当中，一坛一坛地在绽放自己最天真无邪的笑容，在小溪的岸边还有几种野荞麦属的植物生长着，也有美丽的灌木植物大片报春花（Primulasuffruticosa），以及长着如绸缎一般光滑的伊薇蔷薇钓钟柳（Dentstemon）、直果草属（Orthocarpus）。这里还生长着一种石楠科灌木（Bryanthus），长着紫色花朵和暗绿色叶子的比安花属植物（Heathwort），它仿佛普通的欧石楠科（Heather）一般。此外还有三种我从未见过的树，分别是一种铁杉（Hemlock）和两种松树。这铁杉是祖嘉铁杉（Tsuga Mertensiana），在我见过的所有针叶树中它是最漂亮的，它下垂着枝条和主干，优雅奇特的样子，长着浓密的树叶，四周还覆盖着非常纤弱的枝子。一旦外界有刺激，它们就会有敏感的反应，不断摇曳。这时候正是它的花期，下垂的枝条上附着花朵，还有成千上万的上一季的果球，每一个都满是五彩斑斓的色彩，有紫色、褐色和蓝色。快乐的我毫不犹豫地爬上了我找到的第一棵铁杉，充分地陶醉于其中。当花朵触到我的皮肤时，我忍不住颤抖了。深紫色的雌蕊那样浓烈的颜色，仿佛透明一般，雄蕊是蓝色的，和高山天空那鲜明的纯蓝色非常相像。在内华达山区，这是我见过的开花树种中最娇嫩美丽的花朵。无论是身段、姿容还是摇曳的动态，这可爱的树都有女性一样的柔美和优雅。在狂野的暴风雨面前，这暴露在高山上的树种曾经忍受了多少岁月的严酷摧残，这实在是太神奇了！

那两种松树也是经历了狂风暴雨洗礼的坚强树种，分别是山松（Pinusmonticola）和中欧矮松（Pinusalbicaulis）。前者长着4~6英寸长的松塔，和糖松算得上是近亲。山松最高的大概会有4英尺，直径大约在5~6英尺，有着浓郁褐色的树皮。在接近山顶的地方，几棵屹立着如同风餐露宿的冒险家一样的山松。中欧矮松也被称作白皮松，是林带的主要树种，它们在林带当中完全被锉化，甚至有时候高度同被白雪跨压过的灌木丛一般高，可以轻易地跨过它们的树梢。

正当我们在饱经风雪的空中花园中自我陶醉的时候，周围的山峦就好像聚集在一起的旁观者，让这一天变得永恒。更让人感觉神奇的是，越是荒凉、寒冷的大山越是有暴风雨的戕害和摧残的痕迹，而同时它们越是有绚丽的光彩，在其中生长着的植物就越是奇美。成千上万的花朵把大山渲染上了各种色彩，仿佛这一切都是见证了大自然慈爱的访客，丝毫没有从干燥粗糙的风化沙砾中生长的迹象，可是怯懦、无知和总在怀疑的我们却将其称作荒凉沙漠。初见这地表，单调而险恶，事实上这里生长着丰富的植物，还有熠熠生辉的各种晶石，有云母（Mica）、角闪石、长石、石英和电气石。它们散发着种种尖矛一样的光线，闪耀着不同的颜色，炫目不已，这闪烁着的光线同周围的植物一同联袂出演了一出创造美的戏码。一朵朵鲜花，一颗颗晶石都在为造物主反射出美妙的身影，仿佛在向天堂打开自己的窗户。

像是有人对我施了魔法，我一个个花园，一座座山脊地漫游着，一会儿跪着同雏菊进行亲密接触，一会儿在长着紫色、蓝色花朵的铁杉树上攀爬着，一会儿又潜入了雪之宝藏，一会儿还极目远眺圆顶丘、山巅、湖泊和森林，更有去探望托鲁姆涅河上游被冰封的原野，为的是能画出更美的素描。在如此美丽的地方，我的身体在激动和震颤着，我能感觉光线也穿身而过。有谁不愿意成为登山家呢？只要攀登到这里，又怎么会在乎拿不到最好的奖赏呢？

在我的近处就是冰川湖泊，特纳亚湖是其中风景最佳，面积最大的。它的长度约为1里，南侧是气势宏伟的高山，整座山的山脚都在水中，湖口上方数英里的地方还伫立着大教堂峰，北侧大多是光滑的岩石和圆顶丘，像极了隆起的波浪。还有不少雪峰在南面稍远的地方，很多河流都发源于此。我脚下就是水光潋滟的霍夫曼湖，湖边生长的是山松。北侧稍远的地方则是如画一样的盆地，还有优胜美地溪流淌而成的众多小湖和小水潭在熠熠生辉。不过不管这些泉水如何像镜面一样妩媚动人，我还是把我的视线迅速转移到山脉中心线上的山巅，它们聚集在一起，还披着白雪和太阳带来的光辉，我始终为此留恋不已。

在高山动物当中，美洲旱獭（Woodchuck）最能吃苦耐劳。今天，我看到一只被小狗卡洛逮到的旱獭，这小家伙是在从草地到砾石堆的家的时候被抓的。我尽可能地想帮助它，可是一切都是徒劳。我不断地劝阻卡洛不能咬死动物，一转头就看到了古怪的鼠兔（Pika），这是我第一次看到这动物。它会把自己咬断的大量羽扇豆和其他植物放在阳光下晒干，然后放到粮仓里贮存，随后在慢慢严冬中以此度日。那些铺在岩石上的一把把被咬下来的植物，无论是谁看了都很是震惊，这么偏远的山顶还有如此勤劳的生灵生活着。它们制造着一把又一把的干草，似乎同我们一样，上帝赐予了它们高级的头脑，还不断地照顾它们。因为有了它们我们学会了有同情心。

在陡峭的悬崖上盘旋着的一只鹰，它的窝一定就在那上面，我猜想，这一定是一次展示生命的伟大过程，这也让我们联想到了其他在荒凉中生活着的小动物，例如照顾幼崽在林中生活的鹿，营养充足、强壮的熊，群居着的活泼松鼠，在树丛中活跃着的大大小小的鸟类，在天空中洒满了各种快乐鸣叫的众多昆虫，似乎它们希望把自己的哼鸣视为了阳光播洒在它们身上的主要成分。这一切的生灵和植物，还有高唱着欢腾歌曲向大海奔去的溪流一起奋不顾身地流入大海。在其中，最激动人心的就算是无限肃穆的静谧，还有广袤狂野中每一张熠熠生辉的面孔。

日落时分到来，我激动地回到营地，一路小跑下了长长的南坡，在穿越了山脊、溪谷、花园和雪崩的豁口，又走过了杉树和灌木丛，这无限的一天虽然结束了，但是所有狂野的兴奋和无尽的力量还留在我身上。

7月27日

我从营地离开向特纳亚湖的高处走去，这又是一个足以让我一生体味的内容丰富的日子。所有的岩石、空气和事物都以有声或无声的方式在倾诉，是那样的迷人、奇妙和欢欣，一下子把疲惫和时间都赶走了。此时此刻我们犹如走进了大山的心脏，好像不再需要什么东西了。杉树的顶上洒满了均匀的阳光，还有闪烁的露水在叶子上。我接着往东走，右边就是幽深的特纳亚溪谷，左边是霍夫曼山，而正前方10英里的远处就是特纳亚湖。在距离头上3000英尺的地方是霍夫曼顶峰，脚下4000英尺的地方则是特纳亚溪，它和不规则的浅谷经由光滑的圆顶丘和起伏高低的山脊分开，大部分我走过的路都是顺着浅谷一路往前的。走过岩谷中很多布满青苔的绿色湿地，我继续漫步在草场和花园当中。如此美好的植物，穿过了欢乐的溪流，一路有多少美景在霍夫曼山和大教堂峰上展现出来，我头一次踏上了这闪着光的花岗岩路面，它的宽阔叫我非常惊讶。我体会着十足的自由，仿佛身体也没有重量的负担，继续徜徉，一会儿在星罗棋布的梅花草属（Parnassia）湿地上跋涉，一会儿在长满了齐肩高的翠雀属植物、百合花、青草和灌木丛的花园当中穿越，时不时还有纷纷扬扬洒下的露水。就在那如同镜面一样明亮的路面和大堆水晶冰碛石经过的时候，我还蹚过了快乐地流向优胜美地的溪流，走过了布满滨枣属植物的草地，还从那雪崩形成的小径和白雪覆盖的鼠李灌木丛当中迅速穿过。随后经由一条宽阔的阶梯，走进了冰雪塑造的特纳亚湖盆地。

覆盖在高山上的积雪融化速度很快，溪水也因此齐岸，唱着欢快的歌曲，平潭的草地和湿地上流淌着它们轻柔的身影。阳光底下，仿佛是在闪烁，又仿佛是在颤抖，它们飞旋流转过沼穴（Pot-holes），在深潭中休息，还时不时用狂野的精力在那里欢欣跳跃，或者直接呼啸而过那粗糙的巨石水坝，一切都表现着欢乐和壮美。我看到的所有内华达的风光，不存在任何的呆滞和死态，就连能在工厂中被称作是"垃圾"或是"废品"的痕迹都不存在，凡事物都有着极致的干净和纯美，带有神圣的告诫，不免让人们对它们有了好感，也对上帝造物精妙的手艺感到叹为观止。我们被上帝感兴趣的事物所吸引着，这句话绝对是有道理的。只要从中挑出一景一物，就会发现它总会和宇宙中的其他事物紧紧相连。我们甚至会幻想，晶石、细胞同我们是一样的，也有跳动着的心。我们愿意像对待友好的登山伙伴一样去对待每一颗植物和每一个动物。大自然不但是诗人，还是热情高涨的工人，越是走得远的人，就越是会发现这一点。山峦是万物发生的地方，是万物的源泉，虽然大多数人都无法理解这究竟是如何同来源联系在一起的。

我看到了三种类型的草场：第一种在盆地里，不多的土壤，也形不成干燥的表面，上面长出了好几种苔属的植物（Carex），各种强壮的开花植物生长在边缘，如藜芦（Veratrum）、翠雀属植物、羽扇豆等。第二种也是在盆地当中，这里也一样之前是湖泊，从所处的位置来看也和溪流有关系，流过草地的溪流会把移动的细沙和碎石都带到这里。渐渐地这里就被抬高了，水也被排干了，成了盆地。并非是位置上的优势使得这干燥的环境和不同的植被出现，或许是由于流经草场的溪流夹裹着填充物的力量有关，盆地很浅，所以不久就会填满。生长在这里的青草主要是拂子茅属植物（Calam-agrosis）和剪股颖属植物（Agrostis），很多都是纤细的、光滑的，叶子短短的，由成片的它们长成了光滑平润的草地，让人看了非常愉悦。草地上的草种还有两三种龙胆根（Gentian）以及两三种紫色和黄色的直果草属植物、紫罗兰、越橘（Vaccinium）、美国石楠、山石楠（Bryanthus）以及忍冬草（Lonicera），等等。第三种情况就基本不在盆地上了，那好似挂在山脊和山坡上的草地，这是大量的砾石和倒下的树木使然。砾石和树木纷纷在细小的、没有延伸的溪流上层层相盖，形成了紧密联系的水坝，拦截下了肥沃的土壤，滋养了青草、苔属植物（Carices）和很多开花的植物，此外还有足够的水源供应，绝非是能将其冲刷走的激流，而是巧妙地形成了一块悬挂在峭壁上的草场和一块缓坡一样的草场。

第三种草场的表面和前两种相比总是不那样的平滑，多多少少这不平是堤坝顶上凸出的石头或是木头所造成的，再走远一点看，这些凹凹凸凸的表面就会被忽略，而会出现一种意料之外的效果，就像是在灰色的山坡之上向下飘垂着一条条自然优美、满是鲜花的亮绿色绸带。雪坡造就了草场上宽宽浅浅的溪流，一些土壤排水状况好的地方则顺利流淌，一些因为岩石堤坝存在且有小块木头和树叶填满缝隙的地方，溪流被阻断成了沼泽一样的地带，自然植被也会有所不同。这种地带上面我常常发现生长着柳树和山石楠，当然也少不了那故意招徕的百合婀娜的身影，零零星星地在苔属植物和青草中间，而不是聚集生长。

草场上的草此时长得最为茂盛。青草和莎草长着富有弹性的叶子，它的韧度构成了极其优美细腻的曲线，堪称一绝！若是这韧度太硬的话，就会如同笔直竖起的金属条那样的呆板，如果太软的话，整片叶子就会倒在地上。它们上面的颖苞（Glumes）、托苞（Pales）、雄蕊（Stamens）和柔软如羽毛般的雌蕊（Pistils）也是那样的细腻精致，叫人叹为观止。蝴蝶们纷至沓来，像一朵朵花朵绽放在花丛中间。另外还有其他一些美丽生物，成群成群地飞来，这也是为上帝所宠爱的生灵。这些小生灵汇集在一起聚在我的头顶上方跳着华尔兹，就好像要尽情地享受那短暂的生命，无论玩耍还是嬉闹。太美好的生命了，可是这里恶劣的天气它们又是如何生存下来的呢？如此微小的身躯，它们该如何让自己的肌肉、神经和器官来保暖，时时保持愉悦，并享受旺盛的精力和健康呢？要和它们相比的话，人类不论哪一种精密的机器设备都相形见绌。

大部分在冰碛石上的沙质花园这时也处于全盛时期，也有草场一样的美，尽管在岩石北面和幼松树林下的那些花园，不是所有的花儿都绽放了。我在洒满阳光的霍夫曼山的晶石土壤之下，发现了一整片的伊薇蔷薇和紫色吉莉属植物。那里几乎看不到绿叶，可是五彩斑斓的颜色连成了一片。正在开花的有醋栗（Ribes）灌木丛、越橘和石南科植物，溪流的堤岸两边因为它们就像是绣上了花色的绲边。矮橡树（Quercuschrysolepis，Var.vacciiaifolia）也像是一丛丛矮密的花坛，轻易就可以跨过去，这是一种在布满岩石的冰碛土壤上非常常见的一种植物，我在布朗平原附近见到的长青树，事实上同它们是一个种类。在海拔 9000 英尺的地方，开着紫色花朵的山石楠是最美丽的灌木丛，它天然地形成了一片缤纷的花地，就像是一块富丽堂皇的地毯。

壮观的银杉树环绕着营地附近一两英里的地方，它们不仅作为个体是那样的完美，即便是隔着空地汇聚成的一丛一丛尺寸和形体也十分完美。整齐雅致的银色树梢，让人感觉仿佛有一位技艺高超的园艺大师精心打理过，匀称、规则和平整，就像一般的传统样式，最不可思议的是这名鬼斧神工的园艺师就是大自然。高达200英尺的高贵树木丛伫立在中心区域，环绕在四周的是年轻的冷杉树，更外围一些环绕的是更年轻、更小的冷杉。树林呈现出来的是高雅对称的格局，树和树之间的安排都那样的巧妙和默契，仿佛是特别定制的。有时候我们还会发现在树丛周边的空地上盛开着小巧的玫瑰花和野荞麦属植物，好似一片天然的游乐园。海拔再高一点，冷杉就不那么高了，也没有这里的完美了，这是暴风雨带来的结果，有些树甚至因此长出了两个树梢。不过，这种高达150英尺，直径长5英尺的树木，只要是有肥沃的冰碛土壤，哪怕是接近9000英尺的海拔，它仍旧能够生长。我看到了很多因为冬天积雪而被压弯的幼树，从树上的雪迹来判断，当时的积雪大致有8~10英尺深，通常这厚度20~30英尺高的小树几乎会全部被掩埋，严重的话会有4~5个月的时间无法直起腰来。因此，一部分折断了，一部分则是趁雪融化的时候重新直起来，这样才能最终承受积雪的全部重量。5英尺粗的树干，弯曲拱起的地方人们可以看到最清晰的抗雪训练的痕迹，主干上常常有替代枯死树枝生长出来的新枝，尤其是在断裂处下方的枝丫上长出来的嫩枝很多都要比枯死的老枝更粗大，更结实。森林在如此压力之下仍旧有着自己挺拔的英姿。

　　我还看到，在内华达山区最高的林带当中，尤其是海拔10000英尺左右的高处，森林当中除了冷杉外还有双叶松。海拔9000英尺的地方，我曾经见到一棵直径有5英尺粗的树木，它把根深深地扎进水分充足的土壤中。从外形来看，双叶松因为所处位置、朝向和土壤等因素会有外形上的巨大差异。通常在河岸边生长的双叶松是纤细的，树木很高，会达到75英尺，地面的直径却不足5英寸，我见过的此类双叶松的外形都普通且匀称。可是到了这么高的海拔，双叶松经过充分发育，直径就会达到20~40英寸，高度则仅仅是40~50英尺，树的末端有蔓生的枝条翘起。这里的它们树皮很薄，琥珀色的树脂让整棵树的树皮都很潮湿。枝条的末端长着雌花，形状大致是小巧的深红色玫瑰花的样子，直径约1/4英寸，在叶穗中隐藏着。而雄花的直径要大一些，大约3/8英寸，黄色如硫黄一般，抱团长在一起，十分艳丽。这些双叶松就像是勇攀高峰的登山家一样，紧紧地抓住砾石形成的粗糙地面，快乐地扎进了岩石缝隙中和肥沃的浅谷当中。多少个世纪过去了，每一年它们都在齐腰深的大雪中傲立，上千上万次的暴风雪来临它们都毫无畏惧，照例在阳光下开花，和那些生活在热带的树木几乎没有差别。

　　如果要说如登山家一样顽强的树种，除了双叶松外还有就是内华达杜松（Juniperusoccidemtalis）。大多数的杜松都长在圆丘、山脊和冰川之上。在阳光和积雪的环境当中，它们依靠着粗壮的体格生活了几十个世纪，对此还十分满足，这让人不得不称奇。这个别有风姿的高地"居民"，身上的每一个特征都在彰显着自己超强的忍耐能力，就好比脚下的花岗岩一样的永恒不衰。很多时候它们的宽度和高度相差无几。湖岸边有一棵高大的杜松，直径宽达 10 英尺，小一点的树直径大概也会有 6~8 英尺。树皮是肉桂色的，一条条地剥落下来仿佛丝带一样，有着缎面的光泽。登山家一般的树种中，杜松一定是耐力最好的，它们好像有着永恒的生命，即便是遭砍伐也不会倒地。倘若有适当的保护的话，兴许它们真的可以永恒。因为霍夫曼山大雪崩的缘故，很多经历过这场浩劫的杜松仍旧非常快乐地抽出新枝，和狄更斯笔下的戈利普（Grip）一样重复说着"永不言死！"不少杜松还生长在岩石路面上，更让人惊讶的是根就扎在狭窄的不足半英尺的裂缝之中。

扎在岩石中的"居民"高度不高，一般是 10~20 英尺，很多老树的树枝都断裂了，留下了一个残桩。不过这残桩却满满的都是小小的树枝，裸露的岩石因此形成了独特的褐色柱子，四周布满宽裕的空间，无论哪一个方向都有十分开阔的视野。长在肥沃的冰碛土壤上的杜松的高度比较高，会达到 40~60 英尺，灰色的针叶非常浓密，主干的年轮也十分细密。我曾经观察过这一类树的年轮，仅仅

1 英寸的直径内就可以清晰地数出 80 道年轮。可以想见，凡有 10
英尺所有的老树，那一定是存活了几十个世纪的老者。我多希望自
己也能和杜松一样，在阳光和积雪的环境中，在特纳亚湖边上生活
千年。几千年来我能饱览多少变化的风光，那惬意的生活让我陶
醉！我在这里，山中万物发现了我就会向我靠近，天空中的一切也
会因此与我接近。

　　为了纪念优胜美地上的一个部落酋长才有了特纳亚湖这个名
字。据称，有一个叫特纳亚的老印第安人，在部落里他一直都有很
好的口碑。曾经他和自己部落的亲眷被一群士兵追到了优胜美地，
为的是要惩罚他们犯下的偷牛和其他几桩罪名。为此他们经过一条
能够穿过山谷的山路逃到了这个湖边。那时候正是早春，还有深深
的积雪，追兵还没有摆脱，于是无奈之下的他们只好投降。为了纪
念这位老者，这湖就命名为特纳亚湖，永恒地在这里同老人的故事
一同长存。尽管也有不少人认为因为溪流所携带的石头和岩屑，以
及那时不时发生的雪崩、雨水和狂风会用沙石将其满满填平，或许
某一天也会同那印第安老人一样消失。在特纳亚盆地的上方，有一
条从大教堂峰分来的支流汇入了湖中，这是大多数平原和草场上生
长着的树木的主要水源。还有两支来自霍夫曼山的支流。湖口向西
流经了特纳亚峡谷，与莫赛德河在优胜美地汇合。在湖的北侧清一
色的都是裸露着的花岗岩，丝毫看不到一星半点儿的泥土，这样的

景致让人联想到了印第安人给这湖起过的一个名字——Pywiack，这词的意思就是发亮的岩石。远古时代的冰川慢慢挖空形成了湖上的盆地，这千年来的鬼斧神工造就了这神一般的杰作。湖的南侧则是拔地而起的一座气势宏伟的高山，高度约3000英尺，长满了铁杉和松树。湖的东面伫立着泛着光泽的巨大圆顶丘，远古的冰川顶和今天扫过丘顶的风一样，正因为有了它们的冲蚀、塑形，这才有了我今天所见到的模样。

7月28日

天上仅有一些让人难以辨认的、弯弯曲曲的头发一样的卷云，没有云峰。午间时分最奇怪的是居然不再有准点的雷声降临，好像突然一下子内华达的钟摆就此停摆了。我还在继续研究红冷杉，我丈量了一棵迄今为止我见过的最高的一棵冷杉，大约240英尺。在所有的针叶树当中，这树是最匀称的品种，很多都能有四五百年的寿命，可是却有一大部分会在两三百岁的时候就因为真菌感染而死掉。积雪堆满了它们开阔的掌状树枝，而这树枝上的断裂处正好就是真菌由积雪侵入树内的渠道。凡是年轻的红杉树都可以称作最匀称的典范，它们笔直得如铅垂线一般，树枝之间以5条聚集的方式，大致以水平涡轮的方式来展开，树枝分叉出去的分枝同蕨类复叶一样的精确，还覆盖着浓密的针叶，好比是整个树都铺满了厚厚的长毛绒，仅有主干和小部分的主枝暴露在外面。向上弯曲的针叶，尤其在小枝条上更是如此，且这些针叶都非常锐利和坚硬，在树的上半部伸出。树上的针叶大致可以停留8~10年，在树快速生长的过程当中，还会有针叶稳稳地生长在主茎上方直径大约是3~4英寸的地方，这不足为奇。只不过它们会分开了很宽的间距，以螺旋状的方式排列，看起来非常美。清晰可见的是叶子的疤痕，大概是存活了20年左右的叶子了。只是不同的树针叶的厚度和尖锐程度还是存在较大差异。

在游览完霍夫曼山以后，整个内华达森林的横断面我都完整地看到了。在所有我看到的针叶树种中，最匀称的要数红冷杉了。它圆柱形的球果非常华丽，形状、尺寸和颜色都堪称上品，5~8英寸长，直径大概3~4英寸，主调的颜色是灰色，略微带一点绿色，直挺挺地像个小木桶立在高处的枝条上，覆盖着柔软的绒毛，阳光一照就有银色的光泽出现，而它们的亮色则大多来自于透明松油的滋润，仿佛淋洒了每一颗球果，不由得让人们联想到了古老的宗教涂油仪式。假设能看到球果的内部的话，一定会惊叹那比外观还漂亮的内在。染着玫瑰紫色的可爱种鳞、苞叶和种翼，有着彩虹一样斑斓光彩，长约3/4英寸的种子是深褐色的。球果成熟了以后，一旦种鳞和苞叶脱落，自由的种子就会任意飞到可以庇佑它的地方，而剩下来的就是还依旧会留在枝条上好多年的枯萎的种轴，那里可以证明曾经有球果生长过，当然在未成熟之时就已经被道格拉斯松鼠咬食的那些不算在内。我始终没明白，那么宽阔的底座松鼠的牙是怎么咬到的。在充满阳光的日子爬上红冷杉，看看那还在生长发育的球果，并在高处极目远眺，无疑是我最兴奋的事情之一。

7 月 29 日

清凉、晴朗的天气，叫人兴奋不已。天空中大约只有 5%的地方被云彩占据，我度过了很难忘的一天，因为无处不在的享受、素描和畅游的乐趣。

7 月 30 日

20%的天空被云所覆盖，依照惯例应该下阵雨，却迟迟未下，只是远远地在几英里外有雷声传来，像是为中午报时的钟点。这样的天气是蚂蚁、苍蝇和蚊子的最爱，还有几只家蝇发现了我们营地的所在。要说内华达山区的蚊子，那个头是十分惊人的，从螫针上的尖到收拢的翅膀尖的距离大约是 1 英寸左右，而且非常勇猛。即使这里蚊子的数量远不及一般野地里，但是它们依旧会无时无刻地在人们身边嗡嗡叫，打扰人们的生活。一旦发现有好的猎物的话，它们会不惜一切地蜇咬，一直到它们自己被霜冻蜇咬到死为止。巨大的蚂蚁乌黑发亮，躺在树下休息的人为此感到十分棘手。这时我在银杉树上发现了一只钻蛀虫（Borer）在钻洞，它长着大约 1.5 英寸长的产卵器，如又亮又直的针头，闲着不用的时候它会习惯将其收进后面的鞘里，和飞行时的鹤腿很像。

我在想，它钻洞的目的除了免去筑巢的麻烦外还可以省掉护理幼虫的产后工作。谁承想这样一只小小的昆虫居然有如此的智慧。它们是怎么知道这样的洞能够用来孵化自己的卵呢，又或者生下来的幼虫可以通过银杉树的汁液来获得应有的营养呢？如此的安排不禁叫人想起五倍子蝇（Gallflies）的家族。似乎没有什么物种不了解哪些是可以为自己蜇刺和产卵带来的苦痛而作出反应的植物，它们通常还可以作为昆虫产卵的巢穴，为幼虫提供住所和所需要的食物营养。五倍子蝇和人类一样时不时也会犯个小迷糊，不过它们的错误只在于少了一窝特定的卵没有按时孵化出来，剩下的其他卵照例能找到合适的住所和营养。不过是我们没有仔细观察，很多昆虫都有类似的错误发生。曾经有一对鹩鹩就犯过类似的错误，一天它们把窝筑在了工人的上衣袖上，太阳下山的时候，工人取走了自己的上衣，这对可怜的鸟儿异常惊恐和狼狈。还有很多我们没有发现的惊奇事情在上演，像蠓和蚊子这样的微小生物，它们的子孙无论如何是不愿意再重蹈自己祖先的覆辙的，尽可能地躲开变幻无常的天气和天敌的威胁，在阳光灿烂的世界里尽情地享受。我们在想到这些微小昆虫的时候，常常会联想到比它们还要小的生灵，并因此进入了无限循环的奥妙之中。

7 月 31 日

又一个让人寻味的日子，所有通过呼吸进入肺部的空气都有甜甜的味道。身体仿佛是一个大大的味蕾，为此震颤不已。天空中的云量大概占据了全部面积的 5%，远处又有雷声传来，可是照例有的阵雨还是没有降下。

在布朗平原，花栗鼠是很常见的动物，同样这里也常常出现它们快乐的踪影，只不过品种有所不同。快乐的花栗鼠同东部各个州我们所常见的品种联系在了一起，我们曾在威斯康星州的橡树林空地上看到它们快速掠过蜿蜒崎岖篱笆的身影。内华达州的花栗鼠习惯在树上栖息，这点和松鼠非常相像。头一次在针叶林带下的边缘地带，我发现了有它们的身影在赛滨松和黄松林带交汇的地方出现，这些小家伙很是有趣，一举一动都很滑稽，尽管和松鼠不是同一品种，可是松鼠会的技能它们基本也都会，但要比松鼠安静多了。我不知疲倦地在灌木丛边观察它们如何收集种子和莓果，它们时而还会在纤细的枝头上像北美歌雀（Songsparrow）般优雅地停着，几乎没有一点点动静。内华达山区那么多动物，我唯独对其情有独钟。花栗鼠们能干、温和、漂亮、对人友善，我难免对其钟爱有加。它们的体格只略微比田鼠（Fieldmice）小一点，但是它们勤快的身影经常在收集种子、坚果和球果上出现，所以它们的营养很充足，可是从来没有因为好吃懒做而出现肥胖的迹象。它们一招一式都有叫声相随，叫声时而甜美清脆，时而如打入池塘的水滴，发出叮叮铃铃的声音。

　　它们最爱的似乎就是戏弄狗，常常先在狗的近处出现，随后就活蹦乱跳地离开了，嘴里还发出叽叽喳喳同麻雀一样的声音，尾巴也不闲着，配合着自己的声音打着节拍，叫一声，尾巴就转一个圈。即便是道格拉斯松鼠的脚步也不如它们坚实和勇敢。曾经我见过在几近垂直的峭壁上奔跑的它们，丝毫没有恐惧的样子，一直如苍蝇一样稳稳地抓牢，要知道如果跌下去的话那就是两三千英尺的深渊。我在想如果有一天人们也能和它们一样的话那该多好！有一天，我冒了险想去看看优胜美地瀑布的美景，可是这段路程深深地折磨着我的神经，相反对于这种在希腊语中被称作是小小食物收藏家（Tamias）的小动物来说，一切都是轻而易举的。

　　在荒凉阴凉的山顶生活的美洲旱獭与它们截然不同，但同样的是它们也是高超的"登山家"。在所有的啮齿类动物中，它大得像头牛，食量巨大，身上有大量的脂肪，经常肥硕得像高级市政官员，十分臃肿。高山草场上的它们和苜蓿地里的牛几乎没什么差别。一只旱獭的重量大致相当于100只花栗鼠，尽管如此但它们的活动却一点都不迟钝。在暴风雨肆虐的荒原当中，它们愉快的叫声和口哨一般的声音时常不绝于耳，而那高耸入云的家园正是它们的长寿之乡。它们把自己的洞穴都间在崩塌的岩石或是巨石之下。下着白霜的寒冷早晨，它们就会从洞穴中出来，在平坦的岩石上享受日光的沐浴，最后到山谷当中享受自己的早餐，它们一定会把自己的肚子吃到圆滚滚为止，这样才会满足地去打斗玩耍。美洲旱獭在这样清新的空气中究竟能存活多久我不清楚，不过很多皮毛为铁锈色或是灰色的旱獭看上去着实非常像布满了青苔的岩石。

8月1日

云景很是壮观，下了5分钟的阵雨，本已是芬芳清新的福祉之地如今更加清爽可人，在雨水的浸泡之下，黑色的沃土和枯叶仿佛沏过的茶叶。附近最为常见的啄木鸟是美国中西部各个州男孩们都非常熟悉的扑动（Wayctu，又叫Flicker），它们的出现让我感觉很是亲切。它们的外观、习性同东部的啄木鸟究竟有多大区别，我实在无法辨别，不过这里的气候和那里确实差异巨大，这鸟儿生活在这里自然是优秀、勇敢且天真无邪的生灵。知更鸟在这里也很常见，开阔的原野和高山草场上它们变换着我们熟悉的曲调，优雅地展示着自己美丽的姿态。在季节的转换和食物变化的情况下，它们来来回回地在平原和高山之间，南和北之间迁徙，仿佛不论是美洲的哪个地方都会令它们舒适自在。勇敢的歌唱家们迁徙的地域是那样的辽阔，时时保持着健康和快乐，不得不让人钦佩如此健壮的身体素质和性情。庄严肃穆的森林当中，我还在继续漫步，当有敬畏之心出现时，我就会听到周围有这可爱的漫游伙伴最甜美的声音："不害怕，不害怕！"

我常常在散步的时候会见到高山鹌鹑（Mountainquail，学名是Oreotyxricta），它们体形小巧，羽毛是褐色的，实际上它们是鹧鸪（Oartridge）的一种，有细长的装饰性羽毛长在头上，非常时髦，和小男孩头上戴着的羽毛很是相像，外表因此而无比醒目。高山鹌鹑和生活在炎热山丘上的山谷鹌鹑相比体形要大很多。它们会成群地在满是鼠李属植物和石兰科植物的灌木丛中漫步，穿越干燥的草地和稀疏的连地或是寸草不生的山脊，极少飞到树上去，彼此之间的信号是低低的咯咯声，这样才保证整个群体不至于走丢。一旦受到惊扰，它们就会扑拉一下拍打翅膀飞起来，好像爆炸一样都飞散到1/4英里外去。等到危险排除以后，它们就会有管弦乐一样高亢的声音，再次聚集在一起。大自然放养的天然山鸡就是它们。迄今为止我尚未发现它们的窝在哪里，这个季节通常雏鸟都孵出来了，而且快快乐乐地在外面生活，毕竟它们的个头都有父母的一半了。只不过我很好奇在积雪达到10英尺左右的时候，这群小家伙是怎么度过这漫漫寒冬的。或许也和鹿一样，一点点迁移到林带的下缘，可是在那里我似乎很少见到有这些鹌鹑的身影。

此处不常见蓝色或是为黑色的松鸡（Grouse）。杉树林的深处是它们最青睐的地方，凡是受到了骚扰，它们就会扑棱着自己的翅膀，一下子从树枝上都飞走，在空中无声地滑翔，几乎不用动用一根羽毛就可以消失得无影无踪。这松鸡和西部古老的草原鸡的体形大致相当，美丽且十分强壮，大部分的时间都停留在树上，唯独在繁衍的时候到地面来。这个时候的雏鸡已经能飞了，在人或是狗的惊吓之下，它们四处散开，随后选择一个地方一动不动，到确认危险已经过去了，母鸡再次召唤回雏鸡。母鸡会发出低低的声音，可是几百码之外的雏鸡都能听到自己母亲的呼唤。

雏鸡若是还未掌握飞行技术，母鸡立刻就会佯装跛足或是死去引开敌人，有时候它们还会在距离敌人两三码的地方喘着粗气，打滚，等等，这一切都是为了骗走敌人。作为常年在这片森林里生活的它们，冬天发生雪暴的时候，它们只好在杉树或是黄松浓密的树枝里以嫩芽为生，用羽毛覆盖自己全身度过冬天。几乎所有的气候它们都能忍受。在食物上，它们的主食基本上就是杉树和松树的嫩芽，这一点它们似乎永远都是自主的。相比之下，人类很多时候都会因为食物的困扰而造成行为上的困扰。为了有最高的自主性，我宁愿同它们一样以嫩芽为主食，也不再去考虑这当中含有多少的松节油和树脂。我实在不愿意回想我们上个月的面包荒。在觅食上的困难，没有哪一种生物会比人类的困难多，尤其是生活在城镇里的人，似乎一辈子都在为觅食而斗争，即便是生活在其他地方的人，缺少食物时的危机感也很是强烈。好像为了保证将来的饮食而囤积食物已经成了人们的一种习惯，而它却挤压了生活真正的意义，即便是不再缺少食物，这一种积攒多年的习惯还是不会改变。

霍夫曼山上，我还发现了一种非常奇特的鸟，它和啄木鸟很像，又有点像喜鹊或是乌鸦，准确地说叫声像乌鸦，飞翔姿态像啄木鸟。它的嘴很长而且笔直，它常常用长长的嘴撬开山松和白皮松的松塔。这类鸟喜欢在高山之上，只不过到了冬天的时候，它们也会为了躲避寒冷或是觅食飞到低一点的地方。我猜想，这类鸟儿应该也不会单纯为了食物而屈服，即便是在高山上它们大可以各类的针叶树的坚果为食物，总是有很多坚果，这是给冬天拾荒者的最佳准备。

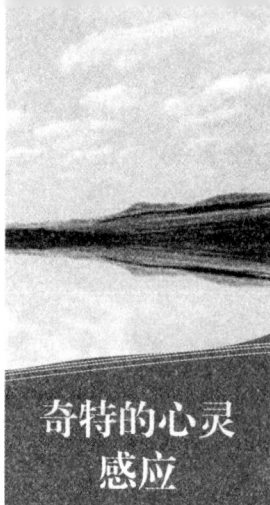

奇特的心灵感应

8月2日

今天和昨天相比，云量和雨量相当。一整天我都在北穹隆丘上画素描，持续到了下午四五点。我满脑子都是壮丽的优胜美地的风景，景观是受雇而来，我还是希望把每一棵树、每一块岩石都用自己的画笔描绘出来。突然在这个时候，我有了一个念头，它完全没有预兆，威斯康星州立大学的J. D. 巴特勒（J. D. Butler）教授，也是我的好朋友就在下面的山谷当中。我突然跳起来，很想与之会面，此时此刻兴奋无比的我，就仿佛是他突然间碰了我一下，我抬起头望着他。我很快就放下了手头的工作，从山谷峭壁边缘往穹隆丘的西侧跑去，想要从中找到可行到谷底的路，我的判断来自于绵延的树木和生长着的灌木。虽然时间已经很晚了，但是有一股不明来源的力量在吸引着我，我一点点地往山谷走去。只是一会儿之后，我停了下来，常识告诉我再走下来，非得到天黑我才能到达旅店。

那个时候旅店里的旅客一定都休息了，我身无分文，还没穿外衣，到时候不会有人认识我。我好不容易才让自己停下脚步，放弃了摸黑去山谷找我的朋友的念头，要知道这一闪而过的念头是我自己凭着心灵感应而得来的。最终我还是生生地把自己从那里拉回了营地上，那一刻我没有一点犹豫。那是因为我下定决心明天一早就赶去山下找他。事实上我已经在穹隆丘上待了很长一段时间，对我来说这念头实在是太不可思议了。如果我是坐在穹隆丘的上面，有人轻声地对我说："巴特勒教授就在山谷当中。"或许我惊讶的程度会不像现在这样。巴特勒教授在我离开大学的时候，曾说过："约翰，从现在起我要关心你和你的事业。麻烦你给我写信，至少一年一封。"上个月我收到了他 5 月给我寄来的信件，那时的我还在第一个营地里。信中巴特勒教授说到今年夏天他打算到加利福尼亚来，到时候就能和我见面。只可惜他没有说在什么时候见面，也只字未提他的路线，而且我那时已知道自己会在野外度过这个夏天，所以我对和他的见面不抱任何希望。这事情已经被我彻底忘记了，可是不知道为什么今天它又出现了。巴特勒教授的身影仿佛一阵风儿飘到我眼前。无论合不合理，我都一定下山去看看，明天就会有答案了。

8月3日

美好的一天就这么过去了。我很轻松地就找到了巴特勒教授，仿佛如指南针被磁铁吸引住了一般。所以我可以说昨天出现的所有心灵感应真的应验了。更为奇怪的是，就在我感应到了某种超凡的启示时，他正巧就在考特维尔山道（Coulterville Trail）上，打算进入峡谷，然后顺着船长岩（El Captain）上山。假设他那时候能用单管望远镜仔细看北穹窿丘的话，没准就会发现当时已经放下手头工作的我，一路向着山谷的地方蹦蹦跳跳过来。我的一生当中或许唯有这件事才算是能被解释得非常清楚的超自然奇迹。快乐的大自然一向都会带给我快乐，不论是孩童时代还是现在，似乎从小我都对鬼神通灵的故事和事情失去了兴趣，反倒是喜欢在开放、和谐和充满歌声、阳光的大自然当中享受美，因为它们满是奇妙。

今天早上，因为我没有外衣，所以想到要出现在那么多旅店的旅客面前，不免还是非常尴尬的，更何况我还是个腼腆的人。事实上这两年中我始终生活在陌生人当中，因此我还是决定要去会会自己的老朋友。因此我找到了一套干净的工作服，再加上一件开司米的羊绒衬衫，外面则是套上了夹克。这几乎是我所有带来的衣服当中最体面的了。穿戴好了以后，我腰带里还拴着笔记本，于是大步流星地开始了自己的奇幻旅程，唯独只有卡洛跟着我。就在昨晚我发现的那个山口，峡谷当中基本上没有路，十分崎岖难行，到处都是岩石和灌木，后来我才知道这是印第安峡谷（Indian Canon）。一路上卡洛都在不停地叫唤，我知道它想劝我回去，顺便帮它从陡峭的地方爬下来。就在从峡谷的阴影当中艰难走出来的时候，我看到了前方有一个正在晒干草的男人，我上前询问山谷当中是否有巴特勒教授。他回答："我不知道，你可以去前面的旅店里打听，这个季节没有多少旅客会来峡谷。昨天好像有一伙人进来，里面好像有个叫巴特勒教授的，或许是巴特菲尔德，又或许不是，总之是类似的名字。"

走到了阴暗的旅店，里面有一队旅客正在调整渔具。看到我以后他们都十分惊讶，只是一味地盯着我看，没有说话，仿佛我就是刚刚从云端穿越树丛而来的人。应该是这身奇怪的打扮吧，我猜想。我向他们打听办公室的位置，有人说店主不在，办公室已经关门了，或许店主夫人赫青斯太太（Mrs. Hutchings）还在接待室里。当我非常窘迫的时候，我还是坚定地走了进去，在大房间当中等待，又敲了几扇门之后，我见到了走进来的店主太太。店主太太听了我的来意之后，她认为我要找的巴特勒教授应该就在山谷里。她拿来了登记表来为我确认。我在最后到达的那些旅客当中很快就发现了巴特勒教授的字体，很快我的局促感就消失了。我听店主太太说他们一起去了山谷高处，兴许是佛农瀑布和内华达瀑布（Verna-land Nevada Falls），有了明确的目标之后，于是我就欣然地往那个方向追赶了过去。我用了不到一个小时的时间就已经到了佛农瀑布的内华达峡谷（Nevada Canon）的谷口。就在那里我看到了在溅着水花的瀑布外围有一位卓荦冠群的先生。我靠近他的时候，他就很奇怪地盯着我看，和我今天遇到的所有人都一样。我试着问他巴特勒教授在哪里，他越发地好奇起来，仿佛很想知道是不是有什么重要的事情让一个信使远道而来找巴特勒教授。他不仅没有回答我的问题，还很严厉地问道："谁要找他?"

我也很严厉地回复道："就是我。"

"你认识他吗？找他干什么?"

"我认识他。那你认识他吗?"我继续问道。

他很惊讶居然这山里真的有人和巴特勒教授认识，而且这个人居然在教授刚刚进山谷的时候就找上门来了。此刻的他终于放下架子了，用比较平和的态度来接待我这个看起来很奇怪的人。

"巴特勒先生和我很熟，我是阿佛德将军（General Alvord）。很多年前，也就是我们都还年轻的时候，我和巴特勒教授是佛蒙特州（Vermont）勒特兰书院（Rutland）的同窗好友。"

我打断了他继续问："巴特勒教授现在在哪儿呢?"

"从这里看过去的那块巨石上面，他和一个同伴爬过了巨石到瀑布的另一面去了。"

　　他很主动地告诉我，巴特勒教授和同伴翻越过了那块名叫自由冠岩（Liberty Cap）的岩石。要是我一直留在瀑布源头的话，那么下山的时候，他们就会遇见我。说到这里，我就开始朝着佛农瀑布方向那如梯子一般的岩石上爬了上去。我决心不在这里等待，想更早见到老朋友，所以我索性爬上了自由冠岩。无论一个人的生活是怎样的充实、无忧无虑，但总会有一种强烈的渴望和自己的老朋友会面的。在佛农瀑布顶端，我只不过走了短短的一段距离我就发现了巴特勒教授的身影。他在岩石和灌木丛当中，弓着腰，袖子卷得高高，敞开着马甲，手里攥着帽子，向外摸索着，显然是很疲惫的样子。我一步步向他靠近，当他发现我的时候，于是就在一块大石头上坐了下来，擦拭额头和脖子上的汗水，竟然将我视为了当地的导游，和我打听如何去瀑布岩梯。显然他没有认出我来，我还是用手指向一堆小石头的方向指了指，他看到了以后就向自己的同伴呼喊，大喊自己已经找到路了。我只能直接地站在他面前，直视着他伸出自己的手。巴特勒教授误以为我要扶他，轻声地说："没关系。"

　　我继续说："巴特勒教授，你难道不记得我了吗？"

　　他看着我的眼睛先说："是的，我想我不认识你。"可是猛地一下，他又好像认出我来了，他惊讶的是我竟然可以在他迷路的时候找到他，更神奇的是我居然就在离他几百英里的范围内。"哦，约翰，约翰·缪尔（John Muir），你是从哪里来的？"我一五一十地把昨晚发生的一切都告诉了他，就在他刚刚进入山谷的时候，我就有了奇特的心灵感应，而那时我正在北穹隆丘上画着素描，他正巧就在四五英里外的地方。说到这些，他愈发地感到惊讶。在佛农瀑布脚下，导游领着马匹在那里等着，我顺着山道往旅店的方向走，一边还和教授聊着天，说以前学校里发生的事情，说麦迪逊（Madison）的朋友以及此前的同学，说到他们的发展，等等，时不时地我们凝望着周围在黄昏暮色中渐渐模糊的巨石，我又一次想起了诗人的话："这次漫游实在是太难得了。"

天色渐晚的时候我们才回到了旅店，阿佛德将军正在等教授回来吃完饭。这时候教授向我正式介绍了将军，将军似乎更为惊讶了，在他看来最神奇的地方在于我居然在没有任何正式途径获知教授到达加利福尼亚的情况下，从高耸入云的高山上下来，找到了教授。他们是从东部直接来加州的，没有任何访问加州朋友的安排，因此没有人知道他们的行程是具体怎么安排的。晚餐的时候，将军倚在椅子上，看着桌子然后向在场的十几个客人介绍我，这里面还有当时盯着我看的渔夫。将军的介绍是这样的："就在巴特勒教授到达这里的那一天，这个人从几乎没有路的大山上下山找到了教授。可是他是如何了解教授的行踪的呢？他告诉我，这是奇特的心灵感应。我从未听说过这样的事情，算是最离奇的一个了。"请等等，我的朋友曾经引用过莎士比亚《哈姆雷特》的台词——"何瑞修，天上人间所梦到的事情和哲学里相比，会更多。""太阳升起之前，空中已为它绘制了形象，就仿佛事情发生之前也有征兆存在，明日之事今日也有寓言。"

晚饭以后，我和教授继续聊天，聊到了曾经在麦迪逊的生活。教授要我答应他将来有时间的时候就去夏威夷岛（Hawaiian Islands）上和他一起露营，我也说服他去内华达高山上一起露营。他回答我："现在可不行。"原因是他不能离开将军。教授告诉我他们明后天可能就要离开峡谷了，这让我感到十分吃惊。毕竟在这忙忙碌碌的大千世界中，自己还不是那个让人念念不忘的人。

8月4日

自从在广阔、奢华且壮丽的星空之下的银色冷杉树林里扎过营后，再入住那简陋的旅店房间，感觉就非常奇怪。今天我将与将军和他的朋友们话别。老军人的态度还是很亲近健谈。他对我说了许多故事，都和他参加过的佛罗里达塞米诺尔战争（Florida Seminole War）有关系，还热情地邀请我到奥马哈（Omaha）去拜访他。我随后带上了卡洛，又从印第安峡谷的谷口原路返回。一路我的心情很复杂，既有兴奋，又有对教授和将军的惋惜之情，碍于时间、历书、命令和责任的限制，他们只能留在低地上伴着喧嚣和灰尘过日子。那里的大自然不够自由，即便是声音都是窒息的。唯有我这个毫无约束的流浪汉却在上帝的恩赐中享受到了天国的荣耀以及自由。

今天的我除了有和老朋友会面的乐趣外，还最大限度地感受到了优胜美地的魅力。去年春天我来过这里一次，大概 8 天的时间我都在岩石和溪流间漫游。我们不管走到山里的什么地方，或者说不论到上帝创造的哪一个荒蛮之地，都会有我们意料之外的获得。几个小时内我们的海拔就会下降 4000 英尺，由此进了一个全新的世界，即使不是这样也至少有部分改变。在我们营地的周围，成片成片的金杯橡树（Gold-cupoak）的灌木，我们可以在它们上面铺床睡觉。由印第安峡谷向下，小灌木成了大灌木，然后就是小树，再就是大树，如此的变化过程虽然缓慢但是非常有规律。一直到了峡谷底附近的岩屑堆的地方，它们已经都蔓生出了很多枝丫，很多结瘤的粗壮大树，有着 4~8 英尺的树身，而高度则大致在 40~80 英尺。这里的水很是多样，溪流或是河水，还有大大小小的瀑布都有自己的个性和特色，在这里我充分地欣赏了佛农瀑布和内华达瀑布。

这两个瀑布之间的距离还不到 1 英里，无论是声音、形态、颜色都有非常大的区别。大约 400 英尺高的佛农瀑布，宽度在 75~80 英尺左右，它从一道如唇形一般的峭壁中流出，坠落十分平稳，从而形成了交叠有致、凹凹凸凸的华丽水幕，看起来就像是刺绣的围裙，因此和绿色的树之间交相辉映，它持续这样的形态一直坠落到谷底。落到谷底的时候，它一下子就被飞溅起来的水花和弥漫的水雾给遮住了，像蒙上了一层面纱，就在这水流上阳光玩着自己的游戏，造出了销魂的美丽虹彩。相比之下内华达瀑布则是自始至终就以白色的方式自由落体落到谷底。刚刚开始自由下落的地方，水流因为和水道侧壁相撞而向内折弯，多多少少有着扭曲的模样，大概到了 2/3 的地方，飞泻而下的磅礴水流就会如彗星聚集一般地扫过峭壁的表面，激起了高高的水沫往外溅开，是白色的，有如跳跃一般地奔涌，那壮观的景象难以用语言形容。这里的流水似乎已经超越了一般法则的支配，而是在群山和大自然当中有着丰富生命力的生物。

一股接着一股的水流澎湃地溅起浪花和飞沫，就在这水流之下因为巨大嶙峋岩石的阻碍，水流被分割成了一条条的溪流，看起来像是断流的河水。只不过短时间内它们又汇聚成了一条怒吼的洪流，和新生的河流一样的生机勃勃。河水还在流淌，有尖叫，有怒吼，更有随着自身能量在欢呼，更会带着巨大的气势穿越山峡。在遇到一个岩石面的缓坡之上由于河道的拓宽，河流又成了平铺的水幕，时而有一些起伏的小浪花，有时候它们也会像带着网眼的涡流，经由这里流进了安静的水潭。这个水潭被人们称作是"翡翠水潭"（Emerald Pool），以供人们休息。如果打个比方说河流的上下游分别是一个句子的话，那这里就是分割这两个句子的句号。在这里休息的河水与泡沫、雾气之类的灰色混合物分开之后，就如同宽幕一般流淌到了佛农（Vernal）悬崖的边缘，也在佛农瀑布上展示自己的容颜。从这一刻起，它裹着碎石头，化作了更细的溪流，像抛掷一般地落入峡谷，一路上有长青栎（Liveoak）、道格拉斯云杉、杉树（Fir）、枫树和山茱萸为它遮阴。当伊利鲁埃（Illilouette）支流注入其中时，它的气势就更为宏大，流出了长长的高地河道，流入了平坦且充满阳光的山谷。它们和其他从雪峰留下来的溪流都在这里汇集，一同流入了莫赛德河当中。莫赛德河的意思是仁慈，可是这仁慈之河并非是最终的尽头。想到这一点，不由得想感慨生命为何如此短暂。当然这并不妨碍我们在如此神圣的天国荣耀中享受每一天，就算是有辛苦和挨饿也都在所不惜。

巴特勒教授离开之前给了我一本书，我回赠给他的小儿子亨利一幅铅笔素描。当我还是学校的学生的时候我就非常喜欢亨利，他也常常来我的房间。最难忘的是他6岁那年站在高高的凳子上为美利坚合众国做的爱国宣言。

只是我觉得奇怪的是，所有来优胜美地的游客似乎在如此壮丽的景观面前居然无动于衷，仿佛他们未曾看到这一切。昨天从山的各处而来的溪流，汇集在一起以后唱着雄浑的乐曲，那一刻就算是巨岩也为之震动，这音乐足以让天使从天堂中走出。不过我见到的所有游客似乎都低着头，周围发生了什么它们并不觉察。哪怕是看起来非常睿智、体面的人，也都在忙着拉着手中的钩子钓鳟鱼，丝毫没有注意。假设有人钓鱼是为了打发去教堂做礼拜布道的枯燥的话，那么游览这里怎么都比布道要好很多的。开始总是有人在上帝用流水和岩石进行布道的时候，还在神殿一般的优胜美地上玩耍，竟然从挣扎的鱼儿痛苦当中寻找自己要的快乐。

重新坐在营地的篝火旁，我还是忍不住去回想之前在山谷中奇特地感应到朋友的经历。那时，我几乎无从知晓他究竟是距离我千里之外，还是只不过一步之遥。好像一切都是非自然的，可惜人们无法理解。不管如何这件事情如果始终小题大做的话那不免有些愚蠢，毕竟和所有超自然的力量相比，这些事情看起来会更为神奇，更为充满奥秘。确实，公正的来说，一切普通的自然现象都可能比我们听说过的奇迹更为神奇。当我在穹隆丘上工作的时候，我也许被一道肉眼看不见的射线冲击了，那就同人和人之间第一眼就产生好感的感觉相似，关于这些说了这么多实在太浪费笔墨了。神奇、奇怪的事情最显著的效应就在于，人们不再关注那些平常的事物。在我看来，大概我心灵感应的小插曲应该会是霍桑（Hawthorne）

创作怪诞爱情小说的依据，尽管这是我人生的一次奇迹，如果那样，我见到的教授无疑要换成一个美丽的女子了。

8月5日

早上天还没亮，卡洛和杰克愤怒的叫声以及羊群杂乱的脚步声就把我们彻底吵醒了。比利一下子从自己的床跳到了篝火旁边，他不愿意到黑暗处重新聚拢起已经散开的羊群，更不愿意知道到底发生了什么。直到后来我们才明白，羊群遭到了熊的袭击。那时候的我想天亮前不论做什么都毫无价值。可是为了尽快了解发生了什么事情，卡洛和我还是顺着羊群发出的声响寻去，一路穿越树林慢慢前行。我不怕遇到熊，因为我知道羊群一定会尽可能地避开袭击它们的敌人，何况卡洛的嗅觉是非常灵敏的。就在离畜栏东面还有半英里的地方，有20~30只左右的羊儿被我们追上了，迅速把它们赶回了营地，此后我们又在西面发现了一群逃亡者，我们还是继续将其赶回羊群当中。天亮的时候我发现了一只还留着体温的羊的尸体，我猜想一定是在我去追羊的时候，熊也在美美地享受自己的大餐。它吃掉了大半部分。此外畜栏中还有6只羊的尸体，一定是熊进了羊圈之后，羊儿因为恐惧、挤压，最后因为踩踏而被憋死的。我和卡洛绕着营地又走了一圈，第三批逃亡的羊被我们找到了，最终也被赶回了营地。同时我们又发现了另一只被吃掉半扇的羊尸体，看来早上来犯的熊不止一只啊。这么看来它们的行踪已经很明显了，两只熊都各自抓了一只羊，然后叼着羊跨过羊圈。大概在离羊圈100码左右的杉树脚下，熊放下了羊，好好地享受了自己的早餐。我再度去找逃亡的羊时，在离营地非常远的地方又找到了75只。卡洛帮助我一起把这些羊赶回了营地。我不清楚是不是所有的羊都回来了，不过无论如何我今晚都要用篝火烧得很旺，还要增加岗哨。

我向比利咨询过为什么他不选别的更好的地方，却总选择羊圈旁的腐木做床。他是这么回答的："这样我可以防备熊来攻击它们。"可是，真的有熊来袭击的时候，比利却把自己的床一下子移到了很远的地方，看起来他也怕自己被熊当成羊。

今天应该又是个找羊的日子，又没办法进行研究工作了。可是在黎明之前，我穿过了阴暗的树林，这一趟是非常值得的，原因在于硕大的熊，因此我了解了不少。它们留下了极富启示意义的足迹，包括吃羊的结果也是一样的。今天没有一点点云，中午应该有的雷声也没有响起。

8月6日

昨晚，我们把篝火烧得非常旺，目的是为了防备熊，这样一来周围的树林都被照得通亮。我们因此感觉很享受，羊和睡眠的损失都被弥补了。有发着光的如宏伟柱子一般的树木，鲜活地和照亮它们的火焰一起射向了天空。可是即便做了这些，熊还是来了，高高的火焰没有驱赶走它，相反却把它吸引了过来。它跨进了羊群，咬死了一只，然后再叼走它，我们居然一点都没有发现。另外还有一只被踩踏而死的羊。一旦这强盗一般的熊尝到了甜头之后，想要再阻止它的袭击困难就非常大了。

德莱尼先生今天从低地带来了食品和一封信回来了。他一来就听到了羊群损失的消息，于是他决定要把羊群赶到托鲁姆涅（Upper Tuolumne）地区去。他告诉我们，熊从现在开始一定会每天都袭击我们的羊群，不管是点起篝火还是用什么其他的方式都无法制止它。这一天，我看见的天空几乎没有任何云彩，唯有在东边地平线上还有几丝带着光亮的薄云，除此以外还有远处的雷声传来。

走进大自然的天堂

8 月 7 日

今天我们起了个大早，我们就从这有着天国之福和熊的银杉树出发了，朝东面的莫诺山道前行。日落的时候，我们选择了一块开满鲜花的草地扎营。从前我在特纳亚湖旅行的时候，也曾经遇到过一块让人心旷神怡的草地。在如此天然的花园当中，满是灰尘，和闹哄哄的羊群实在太过格格不入了，即使是和人相比都有些不及。它给草地带来的伤害实在是太让人痛心疾首了。不过，在那一片灰尘和喧闹当中，让人愉悦的希望也随之升起，正在昭示着我将来的美好时光。只要我有足够的钱，我就可以到我喜欢的大自然当中漫游，带上我要带的东西，如果没有面包了，我还可以去山下最近的面包施舍站去领一些回来。即使如此，每一步上山、下山的路途我都会有所收获，在美好的群山当中，我的一个个脚步、一次次跳跃，都会有包含重要的启迪。

8月8日

今天扎营的地方是特纳亚湖。因为到这里的时候很早，所以我一路从北岸走上了被冰川磨得发亮的路上去漫步，此间还爬过了一块非常巨大的山间岩石，傍晚岩石已经让太阳晒得闪闪发光。每一码的岩石几乎都有巨大冰川的磨蚀和摩擦的痕迹。虽然岩石顶端的海拔已经接近了10000英尺，甚至和湖水比还高出了2000英尺，可是在冰川到来的时候岩石还是像包裹一样被卷了进去。岩面上的痕迹以及被碾压出来的褶皱告诉我们，这冰川的大潮一定是来自于东方。湖的下面还有不少地方也留有凹槽和打磨得非常光亮的岩石，最表面存有的打磨痕迹没有因为波浪的击打和分解作用给打磨干净。我在攀爬最陡峭的发光岩石时，脱掉了鞋子和袜子。显然这是一个研究冰山对于山脉形成作用的绝佳之处。我在这里看到了很多很有魅力的植物，譬如北极雏菊（Arcticdaisies）、草夹竹桃（Phlox）、白色的绣线菊（Spiraea）、山石楠以及岩石蕨类（Rock-fems）——旱蕨属、碎米蕨属和短肠蕨属（Allosoius），在风化的岩石缝隙里，它们顽强地生长着，一直到最顶端，成了花边装饰。四散的缝隙里挺立着勇敢的杜松（Junipers），如灰褐色带着庄严气息的纪念碑，用来纪念曾经发生在几百年前的雪暴和雪崩的故事。从这里俯视湖水是最佳的角度，这是我个人的感觉。我还看到了一块更为奇特的岩石，它孤独地在湖水源头耸立着，只不过高度还不及之前那块的一半。大概因为是岩石瘤或者是被打磨光滑的花岗岩的岩石节的缘故，它的高度大致在 1000 英尺左右。从构造上讲，它同那些被水打磨得十分完美且坚固的鹅卵石非常相像。之所以能在这里永恒存在，只因为在冰川大潮下它有着抵御磨蚀的超凡能力。

我完成了一张湖景的素描后就慢慢走回去了。钉在鞋底的铁掌摩擦着岩石发出叮叮的响声，把花栗鼠和鸟儿惊扰了。天黑之后我到了湖岸边，那里一丝打扰的风儿都没有，整个湖面十分平静，如完美的一面镜子，映着天空中的星星、长满各种树的山脉，还有被磨蚀的岩石，等等，一切华丽都升华了，我再一次感觉赏心悦目，看到如此动人的画面我只能感叹此景只应天上有了。

8 月 9 日

我带着羊群走过了莫赛德河盆地和托鲁姆涅河盆地的分隔处。霍夫曼山嘴的东侧和大教堂峰山石的缺口，山脊和波浪所带来的褶皱让其看起来凹凸有致，这看来是远古冰河从山脉顶峰而来流经此处的重要通道。翻越这个分水岭的时候，冰河从托鲁姆涅草场就开始被抬高了 500 英尺左右，所以说这个地方的任何一个地方应该都有冰河扫荡过的历史。

分水岭的低端以及托鲁姆涅草场，是观赏大教堂峰最奇美景色的最佳的地点。此时的它无论从哪个角度看都充满着个性。似乎是由原生的岩石上削下来的一块石头，就形成了如此宏伟的山峰，无数个锥形尖顶和尖柱都起到了重要的装饰作用，就如同在装饰一个教堂一般。远远看去，一片长在顶上的矮松颇像苔藓。什么时候我才能达成所愿爬上去做祷告呢，或者是听听岩石的布道启示？

就在开满鲜花的广阔托鲁姆涅草场，顺着托鲁姆涅的南面支流伸展出去，海拔高度大致是 8500~9000 英尺，很多条状的花岗岩有被森林和冰川磨蚀过的痕迹，它们隔断了其中的一部分。这里的山脉仿佛都有意识地退后或是消失了，人们因此获得了非常广阔的视野。莱尔山（Mt. Lyell）山脚是草场的上缘，而霍夫曼山脉东段的下方是草场的下缘，长度约为 10~12 英里左右。宽度大致为 1/4 到 3/4 英里不等，河水支流的沿岸也有不少草场的分支。如此"高原游乐场"是我至今见过的草场中最开阔、最让人赏心悦目的。白天这里温暖，空气清新，有一种令人振奋的感觉，虽然草场的海拔已经很高，可是四周的山脉的高度更高，站在其中就好比是一个宽阔的礼堂，四周都有高大的山脉保护着。达纳山和吉布斯山（Mts.

Danaand Gibbs），两座十分雄伟的红色山脉，高度约莫是 13000 英尺左右，东面的视野完全被它们阻断，南面守卫着的是大教堂峰、独角兽峰（Unicorn Peaks）和许多不知名的山峰，独站在西面的是霍夫曼峰，而北面环绕着的则是一些我认识的却尚未有名字的山峰，其中有一座同大教堂峰看上去非常相似。草场长着的是纤细柔滑的草，很多草叶都非常细长，草地因此看起来很紧凑，很多圆锥花序的花儿带着紫色在如幻如真、宛如薄雾的轻盈中漂浮着。这里的植物包括了至少三种的龙胆根和三种以上的直果属植物、委陵菜（Potentilla）、伊薇蔷薇、黄花（Solidago）、钓钟柳等，每一种植物都有自己的颜色，无论是紫色、黄色、蓝色，都给绿色的草地增加了斑斓的色彩。我在不久之后就可以充分地了解这些植物了。或许这个地方也会成为我们的营地，我希望能以这里为起点，到周围的山脉中去做一次远行。

我在回去的途中，与羊群在距离特纳亚湖东面 3 公里的地方汇合，而我们的营地则选择在了分水岭顶端满是双叶松的小湖附近。此时我们所处的地方海拔高度已经有 9000 英尺。这里的很多地方都分布着小湖，不管是山脊、山脉两侧还是成堆的冰碛巨石，只不过那充其量只能说是水潭。唯有流过较大溪流的山谷当中，才能看到大小、深度都称得上是湖泊的湖，这是由于冰川的下冲力量在此处最为强劲。要从这些湖泊形成的历史来追溯研究的话，无疑是让人感到十分兴奋的一件事。纯净的湖水同光滑石盆中的水晶一样的晶莹剔透。我观察发现，湖中并没有鱼，应该是由于瀑布巨大的冲击力难以让鱼儿生存吧。不过我想鱼卵要进入湖中的方式应该是多种多样的，譬如粘在鸭子的脚掌上，或是粘在它们的嘴里，这些都会让鱼卵在水中如种子一样散开。大自然这样的事情非常常见，青蛙可以在任何一种地形当中生长，不管是多高的沼泽、水池或是湖泊，这么高的山应该也能见到它们。它们难道是自己跳上来的吗？当然不是，对于青蛙而言，要远行在灌木丛和岩石上太困难了，只有那些黏稠状的蛙卵粘在水鸟的脚上，才会被带到这个地方来繁衍。可是无论在什么地方看到它们，总是哇哇地发出快乐的声音。这种快乐健康的声音我非常喜欢，如果需要的话，它们大可以用来替代善于歌唱的小鸟。

8 月 10 日

另一个迷人且叫人兴奋的日子，所有的神经好似受到了刺激让人不知疲倦，而血液也相应地跳起舞来，就好像是获得了长生之身一般。又一次观赏了宽阔的分水岭，那为冰川耕犁过的地方，还有内华达神殿一样的巨石以及分布在草场东面红色的高山。

我们把露营的地方选在了河流北岸离苏打泉（Soda Springs）很近的地方。我们先是费了老大劲才把羊赶过了河，到了一个马蹄形的河湾后，我们让它们熙熙攘攘地挤着从岸边过来。到了万不得已的时候羊也是游泳的高手，不过羊似乎是最不愿意把自己身体弄湿的动物，宁愿死也要保持干燥。它们为什么这样我不清楚，或许这是与生俱来的一种恐惧吧。有一次，我看到有一种才刚刚出生没多久的小羊要蹚过宽 2 英尺、深 1 英寸的浅溪时，所有羊群里的羊都蹚了过去，只有这只小羊和它的母亲还落在后头，我清清楚楚地观察了这一幕。羊群才刚过去，焦急的母羊就想呼唤自己的孩子一起度过溪流。小羊羔看着河水，小心翼翼地来到河边，咩咩地叫着，拒绝了母亲的要求。母亲在小羊的身边耐心地劝导鼓励它，可是它还是不敢下水。小羊羔就像是在暴风雨的约旦河边去朝圣的人一样始终不愿意下去。过了很久它终于鼓起了勇气，颤抖着双腿踏进了水里。它好像生来就知道要昂着头防止自己溺水，然后勇敢地一跳跳进了 1 英寸深的水里。到了水里后的小羊羔才发觉水没有它想象的那么深，不过只是没过了它的蹄子，并没有淹到它的头和耳朵。它盯着闪亮的水面几秒钟，最后安全干燥地跳上岸，这一次冒险终于结束。野羊生活在山里，为什么这些后代们如此怕水确实没有理由。

8 月 11 日

天气十分明媚，仅在中午的时候下了十分钟雷雨。一整天我都在为了熟悉河流北侧的地区而在闲逛。我在不经意中发现了一泓湖水还有被双叶树树林包围的冰川草场。那是一整块连在一起的冰碛沉积物，双叶松就长在上面，排列十分整齐，甚至比远处山下的杉树和松树更要细密整齐。如此整齐划一的排列，也说明所有树的树龄都差不多，还有一个原因就是山火所致。不少块状或是带状的褪色枯木带下方，也有着整齐的幼树生长着。之所以山火可以在这样的树林中蔓延，只在于树皮里有丰富的树脂，此外密集生长的它们也是一个原因。当然还有一个重要的原因是肥沃的土壤生长着宽大的宽叶草，即便是一丝风都没有的话，这草场也难免有山火降临。除了林带被烧毁之外，这里还有很多被连根拔起的大树，上面还留有树皮和松针，仿佛是最近才被吹倒的一般。我还看到了一只在倒下的松树根上上下翻转鹿角的大黑尾雄鹿。

我在浓密难行的森林了行走了很长时间之后我看了一片丰美的草场，阳光倾洒在上面，仿佛是一泓长约 1.5 英里、宽 1/4~1/2 英里的湖泊，高大的松树包围着它们。长在这草场上的草皮，和周边的冰川草皮差异不大，通常都是四季青（Agrostis）和拂子茅属植物，它们都如丝一样光滑，有着圆锥花序的紫色花朵和茎，格外地轻盈飘逸，就像是在绿色叶片绒毛上浮动的薄雾。还有一些龙胆根、委陵菜、伊薇莎属和直果属植物，与之共舞的蝴蝶和蜜蜂，都为草场添了光彩。冰川草场无一例外地都很漂亮，只是如这块这样完美的已经不多见了。游乐场中由人工修剪的草场与之相比实在是太过寒酸粗陋，我宁愿在这样的地方继续生活。如此向宇宙敞开胸怀，却平静出世的地方，美好的事物都与之紧紧相依。我在这里还发现了一座印第安猎人的营地扎在了这让人愉快的草场北侧。他们仍旧燃着自己的篝火，或许他们还有要追捕的猎物尚未回来。

一个草场到另一个草场，我走过的地方几乎都难以用语言来形容它们的美，从一个湖泊到另一个湖泊，我穿越了整片整片带状或片状的树林和林带，执着地向北面的康尼斯山（Mount Conness）走去，处处都有洋洋洒洒散播着的美可以发现，我仿佛听到了群山对我呼唤着"快来吧"，我是多么希望能够攀爬这所有的山峰。

8 月 12 日

迄今为止，天上的云彩没有因为海拔的改变而发生改变。天空中大约有 5% 的空间为云所占据，珍珠一样的积云微微地带着紫色，烘托出了美妙的色调来。我们的营地已经转到了上一次提到的冰川草场旁边。羊儿残暴地在这般美好的草地上践踏。所幸的是，它们更喜欢那些汁液丰富的宽叶小麦属（Triticum）植物，还有其他在林带中的草场，像这样丝滑的草引不起它们的兴趣，于是它们就不在上面随意地践踏了。

德莱尼先生和牧羊人在放牧方式上产生了分歧。德莱尼先生的观点是，牧羊人太多的时间都用在用杰克来放羊。两人争执不下，比利就大声地宣称自己是有权力用狗来放羊的，这是他的自由。几次争执之后比利就去了平原。我想，这样一来放羊的事就一定要交给我了。德莱尼先生跟我说他自己会先放一段时间，然后去低地再寻一个放牧的人，那时候我就可以尽情漫游了。

今天漫游的收获也颇丰，一路向北走过森林，目的地是主盆地的源头，处处都是冰川作用留下的痕迹，十分清晰且有趣。在山峰和山峰之间的凹陷处仿佛采石场，所有散落在冰川工厂地面上的冰碛石的碎片和砾石无一不粗糙、原始。

返回营地之后，我接待了一个来访的印第安人，他来自于我发现的那座印第安营地。他告诉我，他是和自己部落的人一同从莫诺山道来这里猎鹿的。离这里不远的地方，他们猎到了一头，于是他们就把鹿的四条腿捆在一起，再扛在背上。到了我们的营地，他放下了背上的鹿，然后用一种印第安人沉默的方式站在那里凝视着我们，随后为我们砍下了 8～10 磅的鹿肉，只希望以此来换取他想要的"一丁点"东西，诸如面粉、面包、糖、烟草、威士忌酒、针，等等。我们答应了这样的交易，留下了鹿肉，给了他面粉、糖之类的他所需要的东西。这些黑眼睛黑头发，时不时还有野性的人生活在如此纯净的大自然当中，可是过的生活却十分肮脏且缺乏规律，甚至在很多时候还要忍受寒冷和饥饿，当然也有丰衣足食的时候，时而过得非常冷静，时而又完全不知疲倦，这样的生活让人钦佩不已。所有的交替都如同暴风雨一样的季节交替一样进行。他们身上有着文明社会劳动者没有的东西，那就是生活的处所有着纯净的空气和纯净的水。他们生活的粗陋也因这两样东西被弥补和矫正了。印第安人大多都以浆果、松子、苜蓿、百合花的芽、野山羊、羚羊、鹿、松鸡（Grouse）、鼠尾草鸡（Sagehens）、蚂蚁、黄蜂、蜜蜂和其他一些昆虫的幼虫为主食。

8 月 13 日

阳光灿烂的一天，黎明和傍晚天空都是紫色的，正午则是被一整片金黄颜色给占据了，万里无云的天气里空气仿佛都静止了。德莱尼先生回来了，带来了两个牧羊人，有一个是印第安人。从低地回来的路上，他在豪猪溪（Porcupine）边上的葡萄牙营地上留下了部分给养，那是一个离优胜美地旧营地不远的一个地方。今天早上，我牵着一匹驮行李的马去那里取给养，原定是中午要到那里，因为只有这样才能保证深夜回到托鲁姆涅营地。可是到了葡萄牙营地之后，牧羊人非常热情地邀请我，碍于此，我只好在那里留宿一夜。那一夜他们告诉我很多伤心的故事，大多都是和伤害优胜美地的熊有关系。他们已经尽自己所有的能力去防备熊，但还是防不住它们天天都来，一次都会毫不客气地吃掉一只甚至更多只的羊，为此他们都已经动了离开这里的念头。

我一个下午都畅游在优胜美地的山谷峭壁处。有一个名字是三兄弟岩（Three Brothers）的岩石，我爬上了它的最高点，看到了几乎整个山谷的上半部分、山谷两边以及所有谷口岩壁上的岩石，而背景是更美的雪峰座。我在那里还欣赏了佛农瀑布和内华达瀑布，几者合一这才是完美的画面，包括了沉毅冷峻的岩石，标志着地老天荒的永久，还有植物的明媚，它代表着娇弱、秀美和转瞬即逝，两者相映成趣。水流带着轰隆隆的声响落下，而这些水流又曾经在草场和树林中平静地流淌，那一刻更多的是婀娜。我站的地方海拔大概 8000 英尺左右，和谷底的距离大概是 4000 英尺，站在如此高处，树都很矮，如羽毛一样，不过还是很清楚地看到它们的排列很是整齐，就连投下的影子也清晰不已，就好像几码之外就能看到一般。这山中公园精致、妩媚的风景我几乎找不到合适的语言来形容，大自然在这片土地上所创造的杰作既娇媚又不失庄重，也难怪总有那么多热爱自然的人会来到这里。

即使在这么高的地方还是可以清楚地看到冰川的作用。阳光下面，这片微笑着的迷人山谷，曾经被冰川填满，而且还从我站着的这个地方满溢而过。

我顺着印第安溪源头回到那优胜美地的旧营地，这里似乎已经被熊踏平了，早已不是原来的模样。原来在羊圈里闷死的羊都被熊吃光了。我猜想应该有几只大熊已经死了，因为德莱尼先生说过在离开营地之前羊的尸体上他投放了无数多的毒药。牧羊人通常都会随身带着毒药马钱子碱，它们的作用是毒死山狗、熊和美洲狮，事实上最多的应该是熊。有一种在山麓丘陵和平原地区十分常见的如狗一般的狼，它们在这里可以找到非常丰盛的食物，而这里我只见过一次美洲狮的足迹。

日落之后，我返回了葡萄牙营地，牧羊人还在生气，是因为熊为羊肉而着迷，他只好慨叹：“熊越来越过分了。”这些可恶的熊已经光天化日之下行凶并饱餐一顿，早就不再等到天黑再开始自己的行动。就在我到这里的前一天傍晚，正当两个牧羊人趁着日落前的半个小时把羊群赶回营地的时候，碰到了一只很饿的熊，突然从离他们不远的地方钻了出来，不慌不忙地向羊群走去。牧羊人中的一名是葡萄牙人乔（Portuguese Joe），他习惯在自己身上背了一杆大型的铅弹枪，看到熊以后就急忙开火，只是似乎在开枪结果出来之前他就已经弃枪而逃，迅速地逃到可以用来藏身的树后面，然后爬到一个自认为安全的高度。另一个牧羊人看到直起身来的熊以后也逃了。熊直立着身体，挥动着双臂，似乎要抓人，可是又好像受伤了，走出了树丛。

就在离他们营地不远的另一个营地，羊群在日落前刚刚接近羊圈，一只母熊带着自己的两只熊崽就袭击了它们。乔仍旧爬上树去避难，安东尼见状责怪他太过没有勇气放任自己的羊被熊攻击，安东尼表示自己绝不会让熊在光天化日之下吃羊，因此他大声地向熊吼叫，还放狗去咬它们。两只小熊因此受到了惊吓爬上了树，母熊则是冲着人跑过来，一副要与之搏斗的模样。安东尼看到母熊朝自己跑过来，稍微愣了一会儿，随后转身就跑，熊一路穷追不舍。无奈之下，他只好跑回营地，暂时爬上一座小木屋的房顶。熊也跟来了，只不过它一直站在下面，没有爬上去，它抬着头怒视了几分钟，还威胁安东尼，屋顶上的安东尼吓坏了。随后母熊离开了木屋，到了熊崽爬的树附近，叫它们下来，三只熊又朝羊群走去，抓了一只当晚餐，这才重新走回树林当中。看到熊离开木屋后，安东尼尽管还在发抖，但已经开始央求乔为他找一棵安全的可以爬上去的树。这棵树没多少树枝，但安东尼还是坚持在上面直到熊离开才下来。两次如灾难一般的经历，两个牧羊人由此开始每晚都在羊圈周围用捡来和砍下来的大木头燃起篝火，更是选了附近的一棵能够俯视整个羊圈的松树作为瞭望的高台，每晚轮流一个人持枪站岗。今晚，一圈的篝火映出了美好的景致，周围的树木都犹如是动人的浮雕，而羊群中几千只羊的眼睛也在篝火的光线照射下如放出熠熠光芒的钻石矿床。

8 月 14 日

昨夜的一切都非常安静持续到了我去睡的时候，我们尽可能地在此前的每一分钟都在预防熊的到来。接近午夜的时候，这粗毛的强盗又出现了，两只大熊穿过了篝火，爬进了羊圈咬死了两只，更有十只羊因害怕窒息而死。树上的守夜者什么都没做，一枪也没发，他的理由是他还没看清熊就已经到了羊圈了，他不开枪是怕误伤了羊。我劝说两位牧羊人尽早把羊群转移到另一个营地上去。他们显得很悲伤，然后说："这一点用都没有，我们走到哪里熊就跟到哪里。我们这些可怜的羊啊，很快它们就会都死掉。不用再迁到别的地方去了，我们打算回平原去。"后来我才知道他们比原计划早了一个月就回到平原了。假设一下熊的数量如果比现在还多的话，那估计所有的羊群都要离开山区了。

嗜肉如命的熊为了能吃到肉，几乎可以冒着猎枪、毒药和火的危险，只不过它们从来不袭击人类，这是出于保护幼崽的考虑。当我们睡着的时候，熊要袭击我们实在是太轻而易举了。唯独把人类当作食物的只有狼、老虎还有鲨鱼和鳄鱼。或许在世界的另一个角落还会有蚊子或是其他的昆虫以人为自己的主食，还有无奈之下的狮子、豹子、土狼和美洲狮也会因为饥饿而以人为食。通常情况下，陆地动物当中只有老虎会攻击人和吃人，当然这么说是已经把人类自己排除在外了。

　　和平常一样，天空中的 15% 是云。这又是一个内华达山区清爽宜人的日子，充满了温暖、芬芳和晴朗。不少开花的植物进入了结籽的阶段，此外还有不少还在盛放着自己的花朵。此时的杉树和松树所释放出的芳香是一年中的最盛期。它们的种子已经接近成熟了，过段时间就会形成快乐的群组，然后一同展翅高飞。

　　我在返回托鲁姆涅的路上尽可能地感受景致带来的快乐，似乎比头一次看到它们更兴奋。我熟悉这里的每一个特征，如数家珍。远处奇妙的大教堂峰，我一直盯着它，似乎它是我见过的最有个性的山峰，能与之媲美的应该只有优胜美地的南穹隆丘了。这里的森林、湖泊、草地还有欢快唱着歌的溪流我比任何人都熟悉，彼此之间非常亲密。生活在它们中间是我最愿意做的事情，只要有面包和水我就无限满足了。我或许不能攀爬或是漫游，直接被绑在某一个草坪和树桩上，我也不会因此而厌倦。只要是每天都能因为美景而陶醉，群山用变幻的风景来包围我，还有低地人永远都无法享受到的满天星斗，感受四季的变化，水、风和鸟儿的歌声时时不绝于耳，我所享受到的快乐就是永恒的。除了这些以外，还有那壮观的云景可以欣赏，不论暴风雨来临的时候或者是平静的时候，每一天都有新的景象，在云中的"居住者"有新的，也有过去的。对我而言有很多山中游客可以见到。我丝毫不会感到一丝的无聊。这怎么会是非常奢侈的想法呢？这一点都不奢侈，而是一种健康的标志，是常识，更是来自于最正确的、最自然的彻悟和觉醒后的健康。在这里上演着上帝身影的永恒戏剧，有着最佳的台词、音乐、表演和布景，那是来自于太阳、月亮、星斗和极光。才刚刚开始的造物过程，所有的晨星"依旧在一起高歌，所有上帝的孩子都会因为喜悦而欢呼不已"。

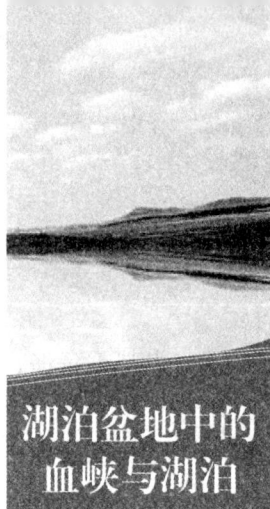

湖泊盆地中的血峡与湖泊

8 月 21 日

今天完全交给了美妙的野外漫游。我沿着莫诺山道，也被叫作称血峡山道（Bloody Canon Pass）穿过山脉到了莫纳湖（Mono Lake）。整个夏天，德莱尼先生对我都很不错，只要我需要帮助的时候，他都会向我伸出援手，好像我正在做的野外的漫游和研究和他有关一般。他也是杰出的加利福尼亚男人中的一员，也在淘金热潮当中沉浸、剥蚀和重塑。和内华达的风光一样，他也经历了如冰川一样的打磨，他那如山脊一样坚毅的个性为此凸显。德莱尼先生来自爱尔兰，高高瘦瘦的，有着修长的骨架，心胸极其宽广，曾经在美努斯学院（Maynooth College）接受了牧师的教育。在群山怀抱之下闪耀着德莱尼先生不少的优点。在他看来，我是个喜欢大自然的人，所以曾经有一天他告诉我必须去血峡看看，因为他相信那里是最为原始的山野。德莱尼先生表示自己还没去过那个地方，不过许多采矿的朋友跟他提过整个内华达地区中最有洪荒特色的地方就是那里。我自然很乐意去那里看看，因为它就在我们营地的东侧。我从山顶下去很快就可以走到莫诺沙漠（Monodeseit）的边缘，就在 4 英里的短短距离中海拔骤降了 4000 英里左右。1858 年，来淘金的白人发现了这一山道，事实上这里是印第安人和野生动物很早以前就在使用的山道，这一点从道口众多汇聚来的小径就可以看出来。由于峡谷内部有大量的红色变质板岩，所以才被称作血峡，也有人认为是由于很多不幸的动物缓缓地从尖角砾石上滑落下来，抑或是拖着脚行走留下的斑斑血迹而因此得名。

一大清早，我在腰间拴上了笔记本和面包，满怀热情地离开了营地，去之前我就知道这会是一趟让我着迷的旅程。原本匆忙的脚步在冰川草原美景的引诱下放慢了，有许多蓝色的龙胆根、雏菊、美国石楠和矮越橘，如老友一样欢迎着我的到来。除此以外我还驻足去观赏了很多闪亮的岩石，它们是被古老冰川的挤压作用推到这里来的，因为它们的表面溜光滑润，甚至还有不少地方像玻璃一样能反射太阳光。用透镜去细细看它们的话，就会发现有冰川流动所带来的细微条状痕迹。在光溜溜的部分岩石坡道上，有一些像石阶一样的凹岩，这也证明了有大块的岩石因为屈服于冰川的压力而塌陷。零星分布的冰碛石，一部分堆成一堆，一部分整齐排列，看上去仿佛是长长的堤坝，也让这地区有着年轻的地表，仿佛是才形成不久的。一路登高，我看到的松树越来越矮，其他的植物也是如此。血峡山道的南面，就在猛犸象山（Mammoth Mountain）的山坡之上，我看到有不少森林的缺口分布在从林带线上缘到低处平坦的草地处，这说明从前雪崩时崩塌的雪从这里落下，只要是阻碍它的树和树的泥土都被扫干净了，只有剩下了裸露的岩床。所有的树木无一例外地被连根拔起，还有很多死死地扎在岩缝当中的树木也几乎被折断了。

当这些毫无受到干扰的树木在生长了一个世纪之后居然晚年不保地咔嚓一声被击倒，我看到后难免会有些奇怪。一般来说，只有在罕见的天气下才会有雪崩出现。不过从表面倾斜度和光滑度很高的某些山坡来看，似乎这里每年的冬天都会发生大雪暴。自然雪崩所经过的通道上几乎是寸草无生。我观察到只要是经历过如此大清扫的山坡都不会有一丝绿意存在。而在"世纪雪崩"发生过后，生长在通道上而后被连根拔起的树已经可以堆成一排又一排了，它们的头都朝下，在缺口两侧的树墙当中紧紧贴着。还有草地上的开阔地中有几棵在雪崩冲击后的树，那是由于雪崩的前锋停滞于此。其中不少双叶松和白皮松，都是年轻的松树，在这些开阔的地方生根发芽。要去确认幼树的年轮确实是一件非常有趣的事情，只要这么做很显然哪一年发生的雪崩就一目了然了。或许所有可怕的雪崩都在同一年发生。要是像这样的研究我可以自由进行的话那该多好！

靠近山道口顶端的位置，有一种很矮的柳树，它几乎是平贴着地面生长，所以它身上的每一支树干或是枝条的高度都不足3英寸，好比是非常漂亮、柔软、如灰色地毯一般。柔荑花序（Catkin）已经基本成熟了，呈现出了柳树的灰色，笔直地立在那里，密集地成簇成簇地生长着，非常有规律。相比于其他植物它们要更高大一些。不少矮树只有一朵柔荑花，看起来很是有趣。而柳树丛的高度也基本降到了最低。还有成片成片的矮越橘也在如光滑地毯一样的绿地上贴着地面或是岩石，有粉红色的小花布满了岩石，看起来很像是从天而降的冰雹，满地都是，数不胜数。稍微再往上一点，就在每个山道口那里，我都能看到开满了蓝色的北极雏菊和紫色的山石楠，对于大山来说，它们是宠儿。

这些如温柔登山者的植物直接与蓝天面对面，它们的安全和温暖由上千种奇迹来保证，就好像是绽放得越艳丽、越精美的花朵，越是生活在荒凉且连年风暴的地方。很多多树脂的树木是无法向上再攀爬的，唯独是娇嫩的花朵可以向上走，已经完全超越了林带线的上方，在那么高的地方用自己的灰色和粉色铺开属于自己的地毯，整个面积已经遍布了深谷和浅谷的雪堆最边缘。我在这里还看到了知更鸟，开满鲜花的草坪上它们在来回走动，唱着勇敢欢乐的歌曲。刚从苏格兰来威斯康星州的时候，我还是个小男孩，那时候知更鸟唱的也是这样的歌曲。可以和这么快乐的朋友一块漫游，无疑让我陶醉不已，时间对我来说完全没意义。我最后进入了血峡的山道口，周围开始出现包围着的庞大岩石，那印象在我脑海中难以磨灭，那份感觉非常神秘。正在这时，我看到了有一群古怪的、长着很多毛的生物拖着脚，踉踉跄跄地朝我走来，发出了低沉的声音。我几乎惊呆了，因为它们看起来很像如打滚一般的步态仿佛是没长骨头。如果远一些发现它们的话，我一定会想去避开它们。

我刚才看到的精美景致和它们相比实在是反差太大了。当我靠近它们的时候，才发觉它们应该是"他们"，那是一群来自于莫诺来的印第安人，他们的目的地是去优胜美地运橡子。在他们身上裹着的是鼠尾草兔（Sage-rabbits）皮做的毯子。部分人的脸上有堆积成年的污垢，很厚仿佛是非常具有地质学意义，还有部分人脸上的伤疤和皱纹把他们的脸分割成了几部分，污迹也变得模糊不清，仿佛是有各种裂痕的岩石。不论是谁，他们的表情都看起来饱经沧桑，似乎很多年的风吹雨打在他们脸上都留下了痕迹。我原本只想默默地经过他们身边，可是他们不让我过去，而是带着阴沉的表情把我堵住，要求我给他们提供威士忌酒或是烟草。我必须让他们懂得我带上这些东西也不容易。最后我还是甩掉了这些让人看起来有点可怕的人，他们的身影渐渐消失在下山的路上，我高兴极了。不过他们怎么说也是我的同类，对于如此潦倒的他们我始终感觉十分厌恶，这显然让人感觉十分悲哀。宁愿去选择松鼠或是美洲旱獭也不愿去选择自己的同伴，这显然太过不符合情理。我们被一阵清风、一座大山隔开了之后，我还是会祝福他们取得成功的，此外我还会吟唱出诗人彭斯（Burns）的诗句："总有一天会来临，世界上的人类都会因此成为兄弟。"

　　这一天是怎么过去的我不清楚，我后来从地图上发现自己走了10~12英里。此时已经接近日落了，我曾经在冰川岩石、冰碛石和高山花床上做过观察，还画过素描，也做过笔记，如此流连忘返的过程一定花了我不少的时间。

　　太阳下山时，很多昏暗的峭壁和山峰此时因为高山晚霞（Alpenglow）的映射显示出了从未有过的美，万物在寂静之中悄然无声，庄严寂寞浸没了整片大地。此时我爬进了靠近峡口的湖边空地，平整出来了一片可以用来避雨的平地，还收集了松针来做床。余晖很是短暂，慢慢地开始消失，我也随之燃起了篝火，在沏好茶以后，就躺在地上欣赏天空中的星星。没过多久，白雪皑皑的山巅吹来了夜风，我一开始误以为是轻柔的呼吸，不到一个小时的时间它就变成了磅礴的飓风，好比是狂流遭到了河道中巨石的阻拦，怒吼呜咽奔腾而下，似乎它所担负着的任务格外的重要，和天命有重大的联系。峡谷北面的瀑布声响和这些飓风的声音彼此融合，演唱着最宏伟壮美的圣歌。我点燃的篝火即使有遮蔽，但也敌不住这狂风，总在风中摇曳。断断续续的冷风落在篝火之上，不断有火花和余灰溅起来，为了躲开它们我只好躲得远远的，避免受伤。唯一不被刮走的只有带有油脂的矮松树根和结瘤。在风中，有时候火焰会像长矛一样蹿起，有时候又会在岩石的地面上平躺着。总之它在呼啸，好像要把树木生前与暴风雪对抗的故事都说完。而火焰所放射出来的光正在说的故事是几个世纪以来所有夏天大树采集阳光的故事。

巨大漆黑的峭壁上，群星都在那狭长的一线天里闪烁着自己的光芒。白天所学的东西此时正一一回想，突然间，我看到一轮俯视大地的满月，它圆圆的脸庞上有着热情的关心，为此我感到震惊不已。只因为我仿佛看到了月亮离开了原有的位置，只为了凡间的我而像一个进入卧室的人下凡来。它在天空中的位置很难让人相信一点都没有移动过，半个地球都有它的照耀，像是大地与大海、山峦、平原、湖泊、河流、海洋、船只，还有居住着无数居民的城市，他们其中有醒着的也有睡着的，有生病的，也有健康的，但不论是谁都沐浴在月光之下。可是这一刻它好像只在血峡的边缘注视我一个人。这是最贴近大自然的时刻了。在威斯康星州我还记得赏满月的时候，它在橡树林上高高挂着，好似车轮一样，和我之间的距离似乎只有半英里。我可以说从来就没有好好观赏过月亮，上述的几个除外，而这一刻我所见的月亮生命力是那样的旺，只在咫尺之间。

如此效应让我震撼不已，我几乎因为这个而忘却了那帮印第安人，忘却了在我头顶上的黑石，还有那呼啸而过的狂风，包括它们如冲击而下的激流一般的轰鸣响声。这时候的情景很显然让我已经无法久住在黑甜乡当中，一阵小睡之后，我看到了莫诺沙漠上最美妙的黎明。备好一杯茶的工夫，我已经看到透过峡谷洒下来的阳光，于是我走了出去，热情地去发现红色变质板岩所形成的岩壁，那里清晰地可以看到有很多因为蛮力而留下的砍伐裂痕和敲击的伤疤，很显然这是雪崩坠落，阻碍山道而导致的成串的小湖。不久我眼前就出现了莫诺沙漠最为美丽的景致，轻快的我从一块石头跳到了另一块石头上，斜射的阳光照着闪闪发亮的光滑岩瘤，我正欣赏这一切，冰碛石和雪崩后的碎石堆，已经接近了最高的冰山源泉，几乎成了一道粗糙。同光润的岩瘤相比，后者更值得称道。这里的低矮植物和昨天在分水岭另一侧见过的颇为相似，花朵大多都已经张开了自己的眼睛。如此的蛮荒之地，大自然居然如此温柔地呵护它们，没有人看到不会狂喜。石头间有小黑鸫鸟在飞来飞去，它们的方向是奔流而下的峡谷溪（Canon Creek）。它们有一些在冰凉的水潭里找早餐，有的在欢乐地唱着歌，看起来就仿佛是因为肆虐的雪崩让这陡峭的峡谷变成了它们最喜欢的山中花园。

很多窄小的瀑布也和血峡北面悬崖上高高的瀑布一样仿佛是从天边直接奔流而下，它们似乎更像在迂回曲折的峭壁上落下的亮银色缎带。在变质板岩的对角线缝隙当中，它们一会儿没有了身影，一会儿又跳跃在岩架当中，形成了如薄膜一样的水帘，阳光从中过滤而过。不论哪一支支流都汇聚到了峡谷溪中的主流中，还有成串缓落或是突然降落的瀑布和湍流也会流到峡谷的底部，这几个湖泊让因为高低起伏而筋疲力尽的水流可以修整后再继续奔流。断崖面上铺开了一道最美好的瀑布，不久就劈成了几条水流，顺着岩石的裂缝呈现菱形图案向前流动，四周仿佛有美丽的流苏装饰，它们来自于山石楠、青草、莎草和虎耳草。没有人能预料到如此蛮荒的地方居然能看到如此考究和精妙的画面。花朵盛开在每一个凹地和浅谷当中，峡谷大多生长着高山荞麦（Alpineeriogonums）、飞蓬属植物（Erigeron）、虎耳草、龙胆根、灰蝶科植物（Cowania）和报春花（Bushprimula）；而像翠雀属植物、耧斗菜、直果草属植物、火焰草属植物（Catilleia）、蓝铃花（Harebell）、柳叶菜（Epilobium）、紫罗兰、薄荷和西洋蓍草（Yarrow）这样的植物则生长在中部；底部生长的则是向日葵、百合、野蔷薇（Brierrose）、鸢尾花（Iris）、忍冬及铁线莲（Clematis）。

陡然而落的小瀑布当中，我找到了最小的一个并将其命名为凉亭瀑布（Bower Cascade），它就在山道下面的地方，被丰富的植物和开得如雪一般的花而包围着。其中不乏长得郁郁葱葱的野玫瑰和山茱萸，两者彼此相成，覆盖着溪流。众多从凉亭瀑布流过的支流气势都瞬时变得非常强悍，跳入阳光中，在曲折的凹槽中直泻而下，清新凉爽的斑斓水花随处都是。有一片峡底的湖水，因为被终期碛石（Terminalmoraine）阻挡的溪流形成了这个湖泊。还有另外3泓在峡谷中的湖泊也都分布在坚硬岩石的盆地中，这里的冰川压力是最大的，因此所有在盆地边缘的部分都因为抗拒冰川而显得非常光滑。冰碛湖（Moraine Lake）在峡谷脚下，周围也有不少旧的湖泊盆地，位置就在大块的侧碛石（Lateralmoraines）中间，一直延续到了沙漠当中。溪流所带来的物质已经完全填满了这些盆地，成了一片干燥的平原，上面还长着不少青草、艾草（Arternisia）和喜光的花朵。冰川时期也有风化比较少，或是降雪较大，或者是两者兼有的时期出现，那时候很多碛石在这里停留就成了终期碛石堤坝，这些堤坝在地势较低的盆地围起来的就是盆地湖泊。

充满了阳光的温暖莫诺平原（Mono Plain），我站在它的边缘去仰视血峡，那清晨的漫游看起来就像是做了一场梦，不论是植被还是气候都有这非常鲜明的变化。高过我头顶的冰碛湖岸上的百合，还有在炎热的太阳下生长的棕榈树。更让人惊讶的是，在不过4英里远的地方，也就在峡口顶端的高寒地带，居然还有清晰可见的积雪。或许所有地球上能有的典型气候都集中在这里了吧。人们从冬天到夏天可能只需花上 1 个多小时的时间，还可以从北极直接过渡到酷热的热带。如果大的气候变化，就同我们一下子从加拿大的拉布拉多（Labrado）到佛罗里达州那样悬殊的温差一般。

峡口处，我遇到了那群印第安人，登山前他们选在了峡谷脚下露营，冰碛湖（Moraine Lake）边一条小支流处我还能看见他们燃起的篝火。就在莫诺沙漠的边缘，也就是离湖水大约四五英里的地方，有一簇簇成片的野麦（Elymus），有时候也叫野黑麦（Wildrye）生长着。风中它们摇曳着如同波浪一样。野麦的高度大约为 6~8 英尺，麦穗的长度有 5/8 英寸左右。此时印第安女人已经在用篮子收割成熟的麦子，她们一把握着麦秆，弯下来打出麦粒，再在风中扫去麦皮。此时的麦粒虽看上去是黑的，吃起来有一种甜味。这麦子用来做面包的话，我想它的味道一定不亚于小麦面包。印第安人和松鼠采集野生麦子的方式很像，显然女人们很中意这种方法。她们在那里笑着，聊着，一切都和自然融为一体。在我看到的大多数印第安人的生活似乎都要比文明社会中的白人来得高。只不过我还不太了解他们，如果可以我会更喜欢他们。他们最大的缺点是不够干净，而自然原始的东西大多数都是纯净的。

莫诺湖下游的岸边，不少溪流汇入了如死海一样的湖当中。我看到印第安人在这些溪流旁边搭建了很多粗制的棚子，充其量这只能说是用柴枝搭起来的帐篷。那里是他们休息和吃东西的地方。还有人就在高大且结了红色果子的灌木丛下躺着，因为那里可以吃到最好的水牛草莓（Buffaloberlries）。尽管这是一种淡然无味的浆果，可是它有益于身体健康，所以我听说有印第安人好几天乃至好几个星期只吃这个，别的什么都不吃。这个季节，他们的食物主要依赖于一种来自盐水湖中孵化出来的苍蝇肥大幼虫，还有一种茧类毛虫，它们是以黄松叶子为食，有着肥大且带褶皱的身体。偶然间，印第安人还会组织一场逐兔活动，活动很是盛大，他们放了几百只兔子在湖边被乱打致死。随后他们又用鼠尾草燃起了一堆堆篝火，而所有的男孩、女孩、男人、女人还有狗都在追啊，打啊，把所有的兔子都赶到密集人群中，兔子只有死路一条了。打死了兔子以后，他们拿皮毛做毯子。到了秋天，上山的猎人从山中带回猎来的鹿，有时候还偶尔会有一只高山野羊。而在山脉腹地的山脚下有一块沙漠，那里生活着非常多的羚羊。印第安人以虫子为主食的饮食会因为猎到了鼠尾鸡（Sagehens）、松鸡（Grouse）和松鼠而有所变化。

他们的食物中还有一类非常有趣的小单叶松（Pinusmonophylla）松子，调着橡子、野荞麦做成面包和糊糊。最让人觉得不解的是他们最钟爱的还是湖里的幼虫。岸边有着冲过来的水草，印第安人像晾晒谷物一样收集它们并晒干，以便冬天使用。我听说，很多印第安人部落和家庭之间所爆发的战争缘由就是入侵彼此的虫子领地。很多家庭和部落都在岸边画了界线，宣称自己的所有权。每年秋天他们都会去收集可口的松子。在山脉西部的部落，虫子和松子是用橡子来交换的。印第安女人就是背着如此沉重的东西，走过了崎岖不平的山道，到山下换食物，这一趟的距离大概就有 40~50 英里。

湖边沙漠最让人惊讶的是竟然满是盛开的鲜花。我在鼠尾草丛中发现了门策背属植物（Mentzelia）、叶子草（Abronia）、紫苑（Aster）、盘花篙（Bigelovia）和吉莉草属植物，它们都是喜光的植物，特别是叶子草，在阳光下的它们散发着优雅的芳香，格外迷人。

峡口对面是一排火山锥，在沙漠当中拔起得非常突兀，一路向南延伸的它们看起来就像是绵延的山脉。其中最大的火山锥比湖面高 2500 英尺，整个火山口的形态还是很完整的，这也证明这么庞大的火山锥是这个地方历史最短的景观。几英里外看这些火山锥的话，就像是还没被雨雪给冲刷滋润过的灰土堆。尽管如此，已经有黄松在这块灰色的土地上生长，用自己的美来交换灰烬。很显然如此鲜明的对比形成了饶有兴趣的胜境。沙漠四周包围着白雪皑皑的山峦，而在那些被冰川打磨得十分光润的岩石上居然还有火山的炭屑和灰烬在。火和霜的合作，创造了无与伦比的美。湖中还有几个火山岛，无疑这里也有水和火的交融。

东边的灰色地带是我非常欣赏的地方，我希望从那里看到更多的景致，可是能回到山脉这头，看到满是绿色的景观我也很高兴。大山在每一次冷热、平静或是狂暴，火山或是冰川的交替变化当中，都表现出了自己最为壮丽的山峦诗篇。阅读了这些诗篇，我们就会明白大自然中所谓的破坏其实都是在创造，不过是一种美转换成另一种美罢了。

在苏打泉（Soda Springs）北部的冰川草场上，我们扎下了营地，这里似乎一天比一天美。整个地面都覆盖着新密柔软的青草，非常精美，走在上面感觉是漫步在富丽堂皇的地毯上，就算是紫色的小花拂过也没有太多的感觉。这个冰川草场有着典型的冰川草场的气质，它静静地处在已经消失了的湖泊盆地之上，簇拥着它的是笔直的双叶树，一排排非常整齐，有条不紊，如列队的士兵一样。这周围的树林里还有不少这样的草场。在河边的大草场景色都大致相同，在10~12英里的范围内几乎没有中断地绵延着，可是不是哪一个都有如此光洁、精美。这里有着繁盛的开花植物，哪怕是在花团锦簇、盛极一时的威斯康星州和伊利诺伊州草原也未必有这样的景致。有3种龙丹根，1种紫色和黄色的直果草属的花朵在这里盛开，还有一两种"一只黄"，一种类似龙胆属的蓝色小型钓钟柳属植物、委陵菜、伊薇蔷薇、马先蒿（Pedicularis）、白罗兰（White-violet）、石南科植物和山石楠。粗糙如杂草一样的植物不在这个地方生长。鲜花盛开的草地上蜿蜒而过一条小小的溪流，轻轻地流淌着，好像小心翼翼地害怕发出一点声响。小溪的大部分地方宽度只有 3 英尺左右，有时候也会扩展为 6~8 英尺宽的水潭，但没有一丝激流存在。下游有长满青苔的草地包围着溪岸，草叶的小花序微微倾斜如微型的松树，山石楠也像地毯一样在下陷的砾石上铺开。小草滋润了草场尽头的植物，还带着植物赠予它们的浓汁，唱着快乐的歌曲，沿着凸岩，奔向了托鲁姆涅河。正在上方看着这一切的东方地平线上的松树，而它们的上面还有庄严雄壮的达纳山（Mt. Dana）和它的山峦同伴们，它们有着丰富的色彩。西面则是带着鸡冠似的纵顶和城垛特色横峰的霍夫曼山。南面有大教堂山脉（Cathedral Range），其中有大教堂峰、大教堂尖塔（Cathedral Spires）、独角兽峰（Unicorn Oak）和几座其他山峰，它们一般来说有着峰顶尖削、颜色发灰或是峰顶浑圆、壮观雄伟的特点。

从夏到秋的
高山山区

8月22日

今天万里无云，刮着清凉的西风，草场上微微有霜。卡洛走丢了，我为此找了一整天结果还是没找到。我在介于营地和河流当中的树林里发现了一只幼鹿，它躺在了高高的草丛和倒地的松树中间。最早它好像在向我走来，当我想去抓住它的时候，它却扭头走开了，脚步很是轻盈，仿佛是一只要去扑食的猫科动物，行动很是隐秘。一下子它像是听见了呼唤或是警告，随后弯背跳了起来，同一只奔跑的成年麋鹿一样，跳过了倒地的树干，在我的视野中快速地消失了。或许是它听到了我没听到的妈妈的呼唤。我在想，如果它没有听到召唤的话，是不会断然离开灌木丛家园的。卡洛的丢失让我十分沮丧。就在我们的营地几英里外的地方也有几个营地和几条狗，我很希望找到卡洛，因为它一直在我身边。这里很少有美洲狮，所以我认为不会有猫科动物去碰它。何况它还很了解熊，熊是抓不住它的，印第安人更不会要它。

8月23日

今天依旧是清爽而明亮的一天，这昭示着即将到来的小阳春（Indiansummer）。德莱尼先生已经离开了，他去了史密斯农场（Smith Ranch），那是个在赫池赫奇山谷（Hetch-Hetchy Valley）下方的托鲁姆涅河上的农场，和我们的营地之间有30~40英里远的距离，因此接下来的日子我要一个人过了。当然这并不是真正意义上的孤独，因为我已经找到卡洛了。它这几天跑到了西北方向几英里外的另一个营地。我问它去了哪里，为什么自作主张地就离开时，它表现得非常羞怯。它很显然想让我来抚摸它，这样就说明我已经原谅它了。这狗实在太聪明了。此刻的我心中一块大石头终于落地了。要知道倘若找不到它我是不会离开这里的。它回到这里似乎也非常高兴。

太阳下山的时候，天空的余晖是玫瑰色和深红色的。然后月亮升起了，星星出现，就在达纳山顶上，有着动人心魄的庄严仪态。白色月光陪伴着我走到了草原高处。清晰、真切的乌黑树影就如实体一般，我常常误将它们视为黑色的焦木，还尝试抬脚要迈过它。

8月24日

今天是个迷人的日子。太阳升起后不久，温暖且平静的天气就来临了，天空有少量的云，几束淡淡几乎察觉不到的卷云。小阳春那风和日丽的感觉伴着轻微的霜到来，山峦的轮廓也因此如梦幻一般柔和，化去了原本粗犷的棱角。傍晚时分，天空中有精美的深紫色出现，像极了圣华金平原（Sanloaquinplains）上空那紫色的黄昏。达纳山的顶峰有月亮在凝视。清新的空气十分有利于修身养性。这世界上我不知道是不是有一座海拔相似的山脉也会有机会享受来自于天国美妙的天气，也能慷慨地张开怀抱让人们接近。

8月25日

同往常一样，清晨还是微凉，可是也同平常一样天气很快就平静下来了，有了充足的明亮和温暖。傍晚到来，又起了西风，我们又一次聚集在了篝火旁。山峦构筑的厅堂里，我们坐在大自然的鲜花地毯上，想象这无与伦比的冰川草场。蜜蜂和蝴蝶数量多到让人应接不暇，还有流连此处的鸟儿，感觉它们从来就不曾离开这里去避寒，尽管这里已经有霜出现了。我也是如此，宁愿在这里度过一整个冬天，甚至是一生，还有来生来世。

8月26日

早上落了霜，草场上的草叶和松针带着霜都在阳光下闪烁着水晶一样的光芒，那是光绽放的花朵。达纳山上聚集了很多别具一格的云彩，像岩石一样陡峭嶙峋，山脉本身的颜色和它们的颜色几乎一致。在靠近地平线的地方，天空泛起了微微的紫色，松树们像是要把自己的枝梢伸进去，蘸上颜色，构成最美丽的画面。我和平常一样还在观赏周围的景致以及光线的变化，当然也少不了鉴赏草叶、种子、推迟开花的龙胆根、紫苑和"一只黄"，看看秋天到来后它们的色彩。草场上有很特殊的青草，我在旁边驻足，然后离开。我还会俯视地上的青苔和叶苔，端详一下正在忙碌的蚂蚁和甲壳虫，它们正在进行的工作似乎和森林中的松鼠、熊性质相当。我还会研究湖泊、草场、冰碛石、山石刻蚀的形成原因，等等。这些研究和观察让我获得了不少的收获，我为这所有的宁静而沉醉不已。

今天天空中的云非常多，不过天色很明亮，只因云彩太过清澈。天空的15%被云彩占据着，这种天气在瑞士已经算是格外晴朗的天了。自由的阳光播洒到了山峦之间，这似乎是我见过的所有洒满阳光的地方中具备最充盈阳光的地方了。最最晴朗的天气，还有岩石那被冰川打磨后的光亮，伴着壮丽瀑布喷溅出了所有水花映射出来五彩斑斓的颜色，此外还有银冷杉和松树林如此生动的树林，这一切的一切相比星光和月光的璀璨丝毫不逊色。明镜一样的湖泊，以及倾泻光芒在它们身上的太阳，这照耀的光辉和光泽都瑰丽异常！夏日阵雨和霜降的夜晚，草场上不论是谁都带上了饱满的水珠，清晨来临时，阳光照在它们身上时，那幅景象太让人惊讶不已！山巅上的晨光和傍晚时的晚霞，几乎是能够震撼人们心灵的美好风光啊！内华达山脉因此应该得名为"光之山峦"，而不是"雪之山脉"。

8月27日

天空的云量照例不多，到了傍晚的时候，有大部分都堆积在了霍夫曼山上，形成或白色或粉红色的积云。清晨依旧落霜，在寂静的夜里，这些可爱的晶体用奇妙的方式生成，当中的每一颗都像是精心打造出来的，能和圣洁华美的殿堂相媲美的产物，以备它们永恒存在的生命。

我在凝视着群山间的溪流，它们多么像流动的缎带，此时此刻有一个想法涌上心头，无所谓是什么，有生命的还是无生命的，都会如流水一样流动。因此雪流动的方式或以冰川、雪崩的方式去创造自己的美，空气流动的方式则是像壮阔的洪流一样，带着矿物质、植物叶子、种子和孢子流动，和音乐、香气的飞涌漂流在空中，而地上的溪流奔流而下则大多是携带着岩石、沙砾、鹅卵石或是砾石。火山中涌动出了岩石，它们也同泉水一样流出，动物则是在大自然当中用行走、跳跃、飞翔、滑动、游泳等方式浮游。天空中的星星在永恒的太空中浮动，仿佛是大自然温暖心脏中流淌着的血液。

8月28日

黎明为我唱了一曲色彩之歌。天空中几乎没有云彩，大地收获了白霜，如丰收季节一样。天气到了十点就开始转暖了。龙胆根的花瓣怎么看都是娇弱的花儿，却在第一次霜冻中坚强挺立。每晚它们会闭合，如人们进入梦乡一样，明媚的清晨阳光唤醒它们后，还是依旧神采奕奕。从上周开始，草场上的青草变黄了，只不过我还没发现霜降造成哪一种植物的枯萎。每天夜里蝴蝶和很多体形小的飞虫会冻僵，但是中午还没到，它们就又在阳光下恢复自己的活力，翩然起舞，在嬉戏和快乐当中充满了全部的生命力。不久以后的它们尽管也会和花瓣一样枯萎、飘落，原本偌大的一群最后没有一只翅膀可以熬过这个冬天。但是只要春天一到，生命又会重新飞升，充满了欢乐，好似在嘲笑那些冷寂的死亡。

8 月 29 日

天空中大概只有 5%的空间为云所占据，微微的霜冻，小阳春最典型的温和天气。一天的时间我都花在了观察群山之间光线的变化。光线是群山的外衣，这变得越来越清晰，白色中微微染着紫色，中午时候颜色最淡，只有清晨和晚上浓郁，万事万物都有平和的态度，好像在倾听上帝下的圣旨。

8 月 30 日

和昨天一样，今天的天空也有几片不走的云彩，似乎只能展现自己的美丽，除此外就没有事可以做了。霜的数量已经足够形成晶体了，草地上所有结晶的冰钻石寿命仅为一夜。造物的大自然做了一个浩大奢华的工程，它把所有物质的微粒从拆掉、创造、摧毁，从一种形态变换为另一种形态，变化永恒，美也永恒。

今天早上，德莱尼先生回来了。他走的这些天我并不觉得孤单，反倒是有了此前从未有过的陪伴感受。荒野整个都好像活着一样，人在其中有相知相识的感觉，还充满了人性。岩石非常善于谈吐，且充满同情心，我同它之间有着兄弟般的默契，也难怪我会觉得同它之间有相同的祖先。

8月31日

天空中云彩并不多见，只有一如丝绸一样的云卷成了细细的花边，不细看不会觉察。草场上的晶体又如丰收一般结上了，可是树林中却没有白霜。龙胆根、"一只黄"和紫苑仿佛从一开始就不惧怕霜冻，虽然它们的花瓣和叶子看起来是如此的娇嫩。它们的花儿每天都在重复着开放、闭合，一丝声响都没有，也没费过一丝气力。大地十分壮丽，焕发出了最神圣且平和的光芒，好像会让在其中的人享受到更为纯正、端庄且静穆的愉悦。

9月1日

天空的 5% 部分被凝滞的云所占据，色彩如平常一般，就是那种完全没有下雪或是下雨的装饰品而已。这是平静的一天，可是我可以感觉到有力跳动的大自然的心脏。多少晚熟的花朵和种子在它的作用下成熟，这是明年夏天的预备。大自然搏动着生命力，那么些即将诞生的生命的思考和计划也包含在其中，此外也有与正生活着的美好死亡蕴含着，它们在告知人们智慧、不朽和仁爱。由于时间将至，我急切地爬上了达纳山想多看看。山顶上的视野很是辽阔，莫诺湖和模糊沙漠在东面，而远处的道道山峦裸露着，很是荒凉，几乎像是从天上倒下来的一堆灰烬，看了之后无疑十分惊讶。直径约为 8~10 英里的直径，如同闪闪发亮的银盘一般，可是它的色彩还是和灰烬一样，在灰白色的湖岸边上一棵树木都没有。

西面有着壮阔茂密的森林分布在山脊和丘陵之上，好像是一件女子的紧身衣一样围绕着圆顶山和附属山群。众多长长弯弯的盘曲林带在分水岭山脊上如流苏花边一样，这给由于冰川带来的土壤而形成的峡谷抹上了一抹绿色。南北走向的山脉中心，我在那里看到了高山、峭崖，还有列队辉煌的山尖。皑皑白雪覆盖着山尖，几乎所有的河流都发源于此，最著名的要数往西流进金门大桥而汇入大海的河流，还有往东流经炙热盐湖和沙漠的河流，它们通过蒸发而回到空中。在沉重岩石的下面则更多的是同忽闪着的眼睛一般的湖泊，湖岸通常裸露着，没有任何植物，也或者有些湖泊则是嵌在了黑色的森林当中，周围有树木环绕。林中草场的数量和湖泊相比有过之而无不及。就在覆盖着冰碛石的山坡上的远处还有碎裂的岩石当中，不少娇嫩耐寒的植物在那里开花。我的这一趟旅行最重要的收获就是了解了我正在做的课业，那是关于在大自然当中，万事万物都凸显出融洽和谐以及彼此互动的关系。在古老冰川途径的最陡峭的底部是湖泊和草场，那里显然是冰川倾轧大地最为严重的地方。通常它们的直径都差不多，和森林带的最大直径的尺寸相差不多，还相互平行。在侧冰碛和中冰碛上曲折绵延且向前延伸的是长长的林带，就在冰河时期（Ice period）的最后期，因为冰河消退而沉积的终冰碛岩基都在最为广阔的野地当中。

冰川带来的影响还表现在圆顶丘、山脊和横岭的形状上，可以说，由于冰川覆盖式的扫荡和向下作用，它们产生了极大的压力形成了现在的地貌。凡是能够留存的不是抵抗力大的就是地理环境最为优越的。这一切看起来都非常有趣。我们在被岩石、山峦、溪流、植物、湖泊、草坪、森林、花园、鸟雀、野兽和昆虫召唤着，它们热情地邀请我们去学习它们的历史以及彼此间的关系。可是这样的课程我究竟有没有机会去好好学呢？这种美好的过程几乎让人难以相信。很快，我就要返回低地了，而提供面包的营地也要撤离返回了。我要是能有一把斧头、一些火柴和几袋面粉的话，我一定会在这里搭起一个松木小屋，在附近大量烧柴，滞留一整个冬天在这里领略一下创造生命的暴风雪，也看看如此寒冷的冬天鸟儿和其他动物是怎么过冬的，看看积雪掩埋下的森林，还有从山上奔流而下的雪崩的气势，它会发出什么样的声响。可是我此刻必须要走，原因是我的给养已经不够了。不过我一定会再次回到这个让我感觉最为热情好客，且带着神圣的洪荒世界的，因为它让我心驰神往。

9月2日

　　美轮美奂的一天是来自于红色、玫瑰色和绯红色的造就，尽管这其中的含义我并不清楚。平时，那些紫色的黄昏和清晨有平静的阳光照耀着，当然也有最为平静的白晃晃的正午。可是今天这一切都发生改变了，不过也没有暴风雪的照耀。天空中的云照例不多，而风也没有从森林当中吹来天气巨变的气息。清晨和傍晚，天空不像往常一样有晕染开的紫色，而是红色的，像是在分隔开的一片片轮廓鲜明的云上压着。如齿轮一般的山峦让这些云片在地平线的地方休憩。云团的边缘参差不齐，如一顶红色的帽子，在达纳山和吉布斯山（Mt. Gibbs）上戴着，而且压得非常大，大部分的山脊都被低垂的云给盖住了，只是达纳山的圆顶露在了外面，它仿佛是在绯红色大彩云上漂浮着的孤独行者。在吉布斯山和血峡的南侧，猛犸象山上有带子一般的积雪和一丛丛的矮松。同样是炫目的红色帽子也戴在了它的头上，就像是从未曾考虑过节约的大手笔，完美的绯红色热情由一团凸出的云团带出，仿佛被送到了星辰中燃烧，然后孤独地放射出最炫目的绯红色。

　　万千圣境都在启示着自然最伟大的慷慨和生命的创造能力，在永不枯竭当中用一种极浪费的模式来表现自己的富足。当我们仔细地去研究大自然的运作方式时，我们就会发现，这其中的材料其实根本没有被浪费过或是有消失的命运，永恒的反复只让它更加能够细水长流，美好的更加美好。此后，浪费和死亡都不会成为我们悲叹的借口，而是应该因为生生不息且永不消灭的宇宙财富而感到欢欣鼓舞。没有什么时候不会凋谢和死去，我们可以用忠实的态度去观察和等待它们重新回来。更重要的是要怀抱信心，只要一出现就一定会比上一次更加的美好才是。

我带着急切的心情去观赏如大地一般的红色彩云，这时候还有更多山峦一样的云也在生成。不久，刚才还色彩鲜明且壮观的云彩已经开始打扮起每一座雪峰了，当中很多凹穴还有托鲁姆涅河、莫赛德河和圣华金河北支（North Fork of the San Joaquin）的最高源泉在其中流淌着，云彩巧妙地和3条河流所覆盖的高山源头连成了一片，景致越发有些盘错纷纭。营地南面的内华达大教堂峰看上去和圣经中描述的西奈山（Sinai）一样，有云雾缠绕其间。这么和谐的岩石和云彩的搭配我从来没见过，天地之间似乎因此而融为了一体。它们有着充分的人性，每一道景象，每一种色彩都因此潜入我们的心中，唤醒了我们心中最狂野的激情，并因此欢呼和欢腾，好像所有的神圣都和我们有关。在这样的地方，我们会越来越觉得自己属于大自然，和万物同源。今天我把大部分时间都花在了山谷北侧的高处，一道道辉煌灿烂的云层将自己最为美妙的光芒都洒在了盆地之上，这是我俯视所见，在我的脚下，岩石、树木和小小的高山植物（Alpine plants）一下子都安静了下来，仿佛正在思考，它们也是这壮丽云彩世界最安静的一批观众。

慢慢地我又开始向更远的地方走去，那里有各种小小的花园，还有丛生的蕨类植物，看起来它们生长的地方都是我们以往认定生长不了植物的地方。可是就在这最为蛮荒、海拔最高的莫诺山道口和达纳山顶，却有最娇嫩、最美丽的植物生长在这里。我无数次在这迷人的植物当中流连，我很想知道，它们是怎么到这里来的，又是如何度过寒冷冬天的？它们好像也在回应我：它们在夏天来临的时候就深深地把根扎进了岩石缝隙当中，而到了冬天，白雪斗篷帮助它们战胜了霜冻的寒冷，半年黑暗冬天的沉睡换来的都是梦中最美好的春天。

我一直在找一种岩须属植物（Cassiopeia），从我进山的那一刻开始。我听说在众多的山石楠平中数它最招人爱，最美丽。可是我始终没发现它的踪影。在高山中漫步的时候，我默默念着："岩须属，岩须属……"很快我就发现这种充满魅力的植物已经在我的脚边，只不过如加尔文教徒（Calvinists）所说的那样，它的名字已经烙在我的心上了，已经是所有高山山石楠（Mountainheath）中叫我最敬仰的名字了。它好像也感知到自己的高贵价值，因此总是很低调。我如今真的很想靠近它，快点找到它是非常必要的。

9月4日

天空一片澄清，到处都弥漫着小阳春那柔和的阳光。在松树、铁杉和银杉上的球果几近成熟，一整天都在做从树上到地上的自由落体。松鼠开始了忙碌的工作，收割、采集，等等。植物的种子几乎在此时都成熟了，夏天的工作到现在已经结束。很多出生在夏天的鸟儿和鹿儿都要在冬天来临前和自己的父母一道迁徙到山麓丘陵和平原上去了。

9月5日

天上依旧没有云，天气清爽晴朗，好像未来不会有大的变化。整个一天我都在为北托鲁姆涅教堂峰（the Noah Tuolumne Church）画素描。直到落日时分，我看到了绚烂的霞光。

9月6日

万里无云的一天又来到，还有紫色的傍晚和清晨。正午时分，阳光照耀下的它清纯且宁静。空气在日出后不久就温暖，没有风。人们都在屏息等待大自然接下来的安排。真正的小阳春到来一定是源自安静沉闷的天气。稀薄的黄色云气，这一切的出现似乎都和东部的小阳春云气有着一致的特征，或许是因为空气中飘浮着无数成熟的孢子这才让云气如此独特柔和吧。

德莱尼先生此刻正在一刻不停地谈论着即刻离开高山的话题，很是严肃，此外还举了几个羊群被暴风雪毁掉的例子。说着说着，他就告诉我们此刻如此美好的天气可能很快就会为暴风雪所代替。"不论现在大家享受到的阳光如何灿烂，如何温暖，我还是不会冒险让自己在这么高的深山里待到这个月中旬的。"德莱尼先生要先慢慢赶走羊群，一天大概走几英里，最后到达且穿越优胜美地河的盆地，然后在茂密的松树林里逗留一段时间，只要是暴风雪到来，就可以马上赶到山麓丘陵去，在那里羊不至于被厚厚的积雪给憋死。我自然是不会放过剩下来的几天时间，我还是喜欢在狂野上走走看看。我告诉自己，总有一天我会带上足够的给养，随心所欲地在这里待着，远离践踏花园草场的羊群。而对于这个夏天，我还是充满了感激。其实，我们不会知道自己将走向何方，更不知道我们在行走的时候向导和指引者是谁，兴许是人，兴许是暴风雨，也可能是守护神，还是羊群，谁也不知道。我在被整个旷野吸引着，它们带着我走进了上帝的光芒当中。

之所以总在计划要烤多少面包，目的是为了能再到高山顶峰可以自由自在地畅游一天。我可以肯定的是，无论是哪一种追名逐利的方式，其中所获得的幸福感受和我对我未来的展望所带来的兴奋、惬意相比，实在是微不足道。

9 月 7 日

天微微亮，我朝着大教堂峰出发，做好了从那里往东、往南，到托鲁姆涅河、莫赛德河和圣华金河源头的山脊和山峰漫游的准备。我下了山，走过了松林，一路蹚过了托鲁姆涅河，也穿过了草场，一点点向着盆地最上方有着茂盛林木的山坡上爬去。顺着大教堂东侧，我一路走，直到中午我才抵达了最高的尖顶。一路上我不忘去研究那些充满魅力的松树，像是双叶松、高山松、白皮松（Arbicaulispine）、银冷杉，自然也包括了常青树中最优雅迷人的高山铁杉。位于高海拔的草场中，有小湖和雪崩的通道，那里的天气很是清凉，花期也晚一些。我的脚步被森林上方由于冰碛石形成的巨大采石场拦住了。

顺着大草场一路到达大教堂峰的底部，全是冰碛石物质覆盖着的地面，左边的托鲁姆涅盆地高处曾经一定被巨大的冰碛石给填满过，此外在高处还有不少小的终碛石，托鲁姆涅主冰川（Main, Tuolumne Glacier）巨大的单块侧冰碛石曾经在往前推的时候与之形成了直角。要研究山石刻蚀和土壤的形成过程无疑这是个最佳的地方。单纯从大教堂峰（Cathedral Spires）峰顶看下来，无论什么角度景色都十分美好。不管冰川曾留下了什么样的土壤，不计其数的高峰、山脊、圆顶、草场、湖泊和树林都会在这里生长，还有绵延出去的森林沿着田野曲折延伸出去。最高的山峦斜坡之上，总是有很多矮小的植物在那里零星分布，依附在岩石之间的缝隙当中，显然不要土壤它们也能很好地生长。

大教堂峰上所有如山石楠一样的黑色植物，我才发现原来是矮白皮松，只不过是覆盖上了白白的积雪。它们大概只有 3~4 英尺高，看起来很是显老。不少树上都有松塔，有很多克拉克乌鸦（Clarks）正在啃食松子。它们有着啄木鸟一样长长的嘴，从松塔中把松子叼出来。峰顶上的矮松上盛开着不少花朵，最为旺盛的要数一种开着黄色花朵的木质野荞麦属植物和一种紫苑花。大教堂峰的主体可以说是方形的，山坡在峰顶上十分规整，人们纷纷感到奇妙不已，山脊的走向是东北西南走向。这无疑是花岗岩的构造节理所决定的方向。就在东北面，有一块三角形的巨岩造型很是简单，山脚下如山墙一般的巨石，因为有了阴影的庇护巨大的雪堆在那里永不消融。巨石的正面太多的尖尖的岩石和高高耸起的锥形体尖峰，仿佛是最为独特工艺塑造的装饰品。无论是形状、尺寸还是总体的布局，岩石的节理是决定一切最为关键的因素。大教堂峰据说海拔大约有 11000 英尺，山脊上的峰体可能就有 1500 英尺高。

有一泓美丽的湖在西侧大约 1 英里的地方，被冰川打磨得异常光润的花岗岩在湖边闪烁着明亮的光芒。某些地方岩石和水面的分界线早已不那么清晰了，原因是两者都在闪着熠熠光芒。从大教堂峰尖尖的顶峰望过去，可以完全看到湖水、银色的盆地，还有草场和树丛。除此以外，特纳亚湖（Lake Tenaya）、云憩山（Cloud's Rest）、优胜美地南穹隆丘、斯塔尔国王山（Mt. StarrKing）、霍夫曼山、莫赛德峰（Merced Peaks）还有南北走向的顺山脉中心线的不少多雪的泉水峰顶也能尽收眼底。大教堂峰的美景，这里几乎没有任何一处的宏伟景致能与之相比，如神殿一般的大教堂峰用精美的岩石展示了大自然的精湛工艺，当然这也是木石垂教类的最为动听的布道。多少次，我从山顶、山脊，还有森林空旷处换着不同的角度去观赏大教堂峰，无论何时总是盈满了虔诚的赞叹还有钦佩和憧憬。我可以这么说，这是我第一次找了加利福尼亚教堂的感觉，我这个孤独的朝拜者终于在这里看到了上帝仁慈地为我打开了每一扇门。我们最好的时候凡事都进入了宗教，大教堂峰像是一座教堂，而祭坛就是这山峦。天哪！我寻找了这么久的岩须属植物居然在这天堂中出现了。

所有的花朵中甜美的花钟都在摇曳着，那美妙的声音是我从未听过的悦耳教堂之声。我一直在听，丝毫没意识到天色已晚。到了很晚的时候我才迫使自己往东走，越过了各种形状的山峰。这些山峰都是由花岗岩所构成的，当中还有不少闪闪发亮的晶石，如长石、石英石、角闪石、云母、电气石，等等。我爬了又爬，走了又走，很艰难地攀爬过了巨大的冰雪悬崖，我坚持往前走，可是路况越来越差，最后我发现自己已经无路可走。我在一个很是危险的地方差点失足落下，好在我可以把自己的脚插进开着大口的冰崖边缘中融化的冰面里，这才避免摔下去。我只好露营在一个小水池边和一丛矮松边。我重新坐在篝火边开始记笔记，那一湾浅浅的小水池倒映着浩瀚的星空，那是深不可测的美丽。在篝火的光线中，岩石、树木、小灌木丛、雏菊、莎草似乎都在往前突出，它们像是有了思想，要告诉我们大自然生活当中的所有故事。

这次盛会几乎是奇迹一般的，与会者仿佛要讲很多有价值的话。篝火外那寂静的黑暗当中，积雪源头有众多小溪流往了下面的小河，一路所唱出的歌曲和教堂礼拜唱诗班的音乐一样感人。只要想到有几千条快乐的小溪汇聚到了溪流当中，我们就不会对内华达河流奔向大海时为何总是如此快乐感到惊奇不已了。

太阳下山，有一群暗灰色的灰雀一路飞过了雪原，我知道它们是要去岩石的缝隙当中休息。这群可爱的小登山家啊！距离雪堤8~10英尺的地方，我找到了一种开花的莎草。就地面的状况来说，仅仅一个星期的时间可供这些莎草享受太阳光的照射，一个月后新的降雪就会将它们覆盖，从那以后它们就会迎来10个月左右的冬天，而剩下的两个月挤着春、夏、秋三个季节。如果能够独自在这里的话太让人兴奋了。天空和万物都充满了原始的趣味，同样纯洁。这神圣的一天实在太让人难忘了。在大教堂峰和岩须属植物的花钟，还有四周的风景，包括我在树林之上、灰色悬崖内部的营地，包括营地上的星空，四周流淌的河流，等等，都会永远在我心中留存。

9月8日

一整天的时间，我都在托鲁姆涅河和莫赛德河最高水源的山峰滑行和攀爬。我不知道自己登上的三座山叫什么名字，总之它们居高临下，为我提供了广阔的视野，当然我还经过了很多的河流和巨大的冰堆。究竟在高原台地上、山峰中的圆形山谷和成串的峡谷当中，有多少连在一起的湖泊分布在那里，我始终不知道具体的数字。我看到了有片片云彩笼罩在了灰色的荒野之上，它们当中有不少被劈砍和损毁的峭壁、山脊和山峰，云彩在它们之间仿佛是在寻找工作。整体来说，我认为广袤的圆形山地更像是光秃着，缺乏生命的采石场。可是我们也可以从不计其数的角落和如花园一般的小块土地上看到迷人的、盛开着的花朵。一天的时间，我几乎走了将近三四天的路程。太阳快要下山的时候，我才到达了莱尔山（Mt. Lyell）山脚下的托鲁姆涅"上峡谷"，那里离营地大概还有8~10英里左右，那时候我还充满了活力。我在黑暗当中往高处走，走过了苏打泉穹隆丘（Soda Springs Dome）的松树林，那里布满了各种倒在地上的树木。很快因为我无法看到新鲜的事物，疲惫也因此袭来。9 点钟左右我到达了营地，然后快速地我就会沉沉入睡了。

重回原点

9月9日

经过一夜的休息疲惫被驱赶，很快我又有了热切的希望，渴望回到神奇的世界中去再过上一两个月的漫游生活。不过我不再被允许这么做，我必须回到低地去。我多么希望通过祈祷的方式再回到这里。

如此多次的远足，我学到的最有启示意义的知识就是大片山脉因裂纹节理的刻蚀所产生的作用而形成的特点。应该说，巨大的剥蚀作用会形成平衡的精巧美感。不过总体来说，原始的景观和人的五官道理是一样的，总需要和谐搭配。岩石和积雪不管如何去掩盖它们，还是有富有人性的原始景观绽放出最有灵性的美和神圣的思想。

德莱尼先生似乎不太关心我行程的感受，尽管这个夏天要不是他的帮助我还无法完成旅行计划，他认为我已经做好成名的准备。可是，我怎么都无法理解他的想法和猜想，因为我是一个喜欢自由地在旷野中漫游的流浪者。成名逐利不是我的想法，我只是想在大自然当中谦卑地追寻知识，享受其中的乐趣罢了。

所有营地上的生活用品都打包好，放在马背上了，羊群也被赶往回牧场的路上。马上我们就要离开这里了，一路穿过松树林回到低地，我也要和这可爱的草场说再见了。不知道什么时候我还能与之见面。如此紧密坚韧的草场，羊群并没有损毁它们多少，因为羊对如此柔软的草不感兴趣，这应该称作是万幸。今天依旧是个晴朗的天，一丝云彩都寻不到，更没有风。我想知道，海拔9000英尺以上的地方是不是也像这里一样拥有稳定的天气，有着让人无比信赖的宁静和宜人。因为担心有暴风雨我们才离开这里，可是暴风雨是否真的会来我们都很难想象。

现在河流的水位渐渐走低，羊群过河还是同从前一样困难。羊和之前一样仍旧死都不愿意蹚入河中，似乎无论如何都下不了决心去沾湿自己的蹄子。卡洛仿佛是经验丰富的牧羊人，它已经知道该如何去赶羊了，单纯从推搡、吓唬那些蠢羊的那些招数来看，就已经很有趣了。羊群必须先赶到岸边，聚拢在一起，又要避免让它们互相挤来挤去，最后让它们无路可走的时候就被迫要蹚过河流的时候，羊群会突然改变它们原来的姿态一下子猛地扎进水中，就像是它们一开始就很是渴望要这么做一样。若不是经济利益的关系，人们大可牧养狼也不牧养羊。上了岸之后的羊群开始簇拥着吃草，好像之前从来就没有发生过可怕的事情。我们穿过了一块又一块的草地，羊群一点点爬到了高处的山谷南侧边缘，还经过了大教堂峰我曾走过的那片树林。这一夜我们扎营在了一块侧冰碛的巨石顶端上面一方小水池边。

9 月 10 日

拂晓时分，突然一下子整整两千只羊都失踪了。检查了留下的足迹之后，我们断定羊群一定是因为熊的到来而全体吓散了。我们用了几个小时的时间找到了全部的羊，又一次把它们聚拢成了一群。我很认真地观察过一只鹿，它比那些愚蠢的、肮脏的羊优雅完美得多。我有幸在这附近的高地上又观赏了一次北方的壮丽风景，那如大海中波涛起伏的圆顶丘和圆形山脊，还有在山丘边缘给山丘镶上边儿的松树，四周还有无数尖锐的山峰环绕着，尽管是一片灰白色，但是其中充满了美好的生命力。今天的天空仍旧是万里无云的，只有清晨和傍晚有紫色在天空中出现。这两三个星期，太阳下山所带来的余晖似乎格外地惹眼，这应该就是所谓的"黄道光"
(Zodiacal Light）吧？

9 月 11 日

一点点霜冻，没有云，一切非常平静。正好我们开始下山了，
选择在特纳亚湖西面的草场上扎营，这个地方也非常迷人。有如镜
面一般的湖面，被冰川打磨得光润无比的山道和陡峭的山墙倒影在
湖面之上。紫苑花仍在开放。这里的海拔大概是 8000 英尺，不过
已经是矮种金杯橡树所能生长的海拔极限了。就像是加利福尼亚橡
树（the California black oak，学名为 Quercus Californica）生长的海
拔上限仅为 6000 英尺而已。景色动人的傍晚来临后，湖面的倒影
也变了模样，让人难忘。

9 月 12 日

照例没有云的一天，纯净的金色阳光洒满大地。伟岸的银冷杉
树中，我们离优胜美地的边缘还不到 2 英里。随后，我们又到了葡
萄牙营地（Portuguesecamp），那里最有名的还是熊。附近长满了金
杯橡树、石兰和鼠李属植物的灌木丛林，这里的海拔仅仅比托鲁姆
涅草场低一点点，但是这里所长出来的树种却都是珍稀之物。托鲁
姆涅草场的双叶松要比这里茂盛得多，可是长在这里的双叶松，特

别是溪流两侧和沼泽的草场边缘，双叶树有着格外高大的身形。这里干燥的土地几乎被伟岸的银冷杉给占据了，它们也是非常高大，几乎达到了生长的极限，一排排构成了轮廓十分鲜明的林带。这实在是太壮观了！今晚我的床就用它们的枝条来搭了。

9 月 13 日

今晚，我们扎营的地方是靠近优胜美地河的一块平坦沙洲，和我们的旧营地离得不远。所有这里的植被都开始枯黄了，溪流也变得干涸。在我看来那河岸两边的双叶松，修长且十分漂亮，可以说是我见过的最漂亮的。放眼望去或许人们很难认出它来，事实上它们确实是生长在肥沃的土壤当中，不过是生长得十分密集，而且生长速度极快，事实上它应该是一种被叫作默雷溪谷松（Murrayana）的变种。黄松的变种也存在，只是两者之间的差异更大一些。黄松生长在这里和 1000 英尺的海拔上的破裂岩石之上，有着向外延伸的枝丫，密布着褶皱的微红色树皮，还有大大的松塔和长长的松针。这是很强健的一件松树，有着旺盛的生命力。阳光下，它们结实且修长的松针泛着银色的光芒，它们被风吹向同一个方向的时候，壮阔的内华达森林就会迎来它最为奇妙的景象。很多植物学家将西黄松（Pinus Ponderosa）的这个变种视为一个独立的树种——杰弗里松（Pinus Jeffreyi）。优胜美地溪四周的盆地石头很多，好像这里完全被圆顶丘给保卫了，这和一条完全由大鹅卵石铺就的道路很是相似。我总在想自己是不是有一天可以好好地研究它们。它们有吸引我的巨大魅力，若是可以用牺牲来换取这些魅力教谕的真正含义的话，我也认为值得。感谢上帝让我们拥有了这份荣幸。山峦的魅力早已在常理理解范围之外了，好比生命那样神秘得无法解释。

9月14日

一天的时间都花在了气象万千的冷杉树林中了。硕大的灰色球果挂在高处的枝条上，上面带着纯净的油脂放着闪烁的光芒。松鼠快速地把它们从树上咬下来，一阵砰砰的声音传来，那是球果坠落的声音。很快松鼠就会将它们收集和储存起来，这是它们过冬的口粮。勤劳的松鼠遗漏下的球果，等到成熟的时候就会脱离鳞片和苞叶，随之紫色的种子就会展开翅膀在天空中飞舞，去寻找自己的归宿。竹林带里，所有的树干和枯枝上都有一簇簇的黄色地衣，非常夺目。

今晚扎营的地方靠近莫诺山道插口的小瀑布溪岸边。石兰科植物已经有了成熟的浆果。今天的云量比较多，到了日落时候，有着浓郁的余晖。站在树林间远远望去，天空中仿佛燃烧着紫色和深红色的火焰，绚烂夺目。

9 月 15 日

天空中云彩有部分是纯金色的天象，白色的卷云在地平线附近呈现出片状或是条纹状。一天我们步行了 2~3 英里，扎营的地点选在了旋叶松平原。我漫步到了草场的松林背后，看到了几种高贵的银冷杉，最高的高度有 240 英尺，直径为 5 英尺。

9 月 16 日

今天的行进速度比较慢，走了 4~5 英里左右。我们穿越了森林到了蓝鹤平原，这是我们今晚扎营的地方。夏天时为我们所赞赏的森林此刻在秋天柔和的阳光下更加庄严壮美。星光之夜很是可爱，尖尖的树梢在夜空的背景下如同浮雕一样突出。在篝火边上，我始终不愿回去睡觉。

9 月 17 日

我们一早就离开了营地，在德莱尼先生的带领之下，我们经过了托鲁姆涅分水岭，我们到了几英里之外我听说过的红杉树林。那里面积还不到100 英亩，四周是伟岸的糖松和道格拉斯杉树，好像是德高望重的尊贵巨人。还有一些不同于常规刻板的完美树种，在整体和谐的画面当中展现自己无穷的变化，而且二者还表现出了对称和规则。在高贵修长的树干上有浅浅的凹槽，褐色中微微泛着紫色，十分浓郁。高耸 159 英尺的树一个横生的枝条都没有，却装饰着如莲座一样的丛丛针叶。那些古老的树种总是盘根错节，很是粗大，它们很僵硬地且毫无章法地向外伸展。最让人难以置信的是，它们总是和主干之间存在一定的距离，然后下弯，而因此分解出来一团团非常突出的树枝，轮廓的规则也因此有了丰富的变化。团团的小树枝呈现圆柱一样的膨胀，树的顶端也有了庄严的圆顶树冠。在蓝天的背景之下，它们高高隆起在黑色的松树、杉树和云杉的上段，远远地就可以辨认出它们来。不管是尺寸还是气质，它们确实是针叶树种中的王者。我看到有一颗烧黑了的树桩，约莫有 30 英尺左右的直径，高度估计有 80~90 英尺，这绝对是一座十分醒目且让人敬畏的纪念碑，在它的时代一定是这丛林中的霸主。树苗和幼树在四处生长，生机勃勃，一点种族灭亡的迹象都看不到。这里不会出现威胁它们生存的恶劣天气，除了野火之外，因此上帝才赐予了它们最高贵树种的称号。很遗憾这棵纪念碑似的老树我已无法去测算它的年轮了。

今天傍晚，我们选择了榛木绿地来露营，那是一片分水岭背后宽阔的山脊，和我们春天去高山路上所扎营的地方离得不远。山脊上，我整个夏天的美好所见诸如糖松林、石兰丛和鼠李丛都在。

9 月 18 日

今天我们沿着分水岭的南侧下山，经过长时间的行进，到了布朗平原。我们告别了身后高山的广阔森林。这里长着十分丰茂的糖松，它和黄松、拟肖楠以及道格拉斯云杉共同构成了世界上最为卓异的森林。

这里有印第安人严肃地告诫我们不要再往前走了，他们指着前方平原上的一块古老的花园地带。我们猜想，兴许有他们部落的人葬在那里吧。

9 月 19 日

今晚，我们扎营的地方在史密斯磨坊（Smith's Mill），上山时我们到达的第一个宽阔的台地就是这里，应该也可以称作是高原。松树在这里颇为高大，很适合用来作为优质木材使用。小麦、苹果、桃和葡萄这里都有。主人款待了我们，拿出了红酒和苹果。我不太喜欢这类红酒，但是德莱尼先生、印第安人和另一个牧羊人却非常推崇。仿佛从天堂来的内华达的水晶莹剔透，而这酒水则显得污浊和愚不可及。而苹果呢，则是口味极好的水果之王，无论是神还是人都可以快乐地享用它。

一路从布朗平原下山，我们暂时在凉亭山洞停留，我待了大概一个小时。这个山洞算得上是大自然所有地下山洞中最有趣的。充足的阳光在穿过山洞口的 4 棵枫树叶子后，一下子洒满了整个洞，其中最为迷人的地方就在于洞内清澈的水池和如房间一般的大理石石室，几乎美得叫人窒息。可惜的这里很多洞壁上居然让游人在上面胡乱地涂鸦，这让人看了痛心不已。

9 月 20 日

还是宁静的、充满金黄色的天气，可是炎热仍在。我们已经到达了山麓丘陵。在这里我们完全看不到针叶树了，只有灰色的塞宾松。我们选择在荷兰男孩牧场（Dutch Boy's Ranch）露营，在这里我们除了能看到成片成片的大麦田以及麦茬，再也没有什么了。

9 月 21 日

烈日炎炎，满是灰尘的天，热得可怕。羊群除了能在多刺的小枝和灌木丛中觅食外，什么也找不到了。没必要在这里做长时间的逗留，我们迅速赶着羊群走上了漫长的归程，就在落日之前我们来到了泛着金黄色的圣华金平原（San Joaquin）上的自家牧场。

9 月 22 日

今天一大早，我们就开始一只一只地点羊群里的羊。这些羊从岩石堆、树丛和溪流当中走来，且经历了一切冒险旅程，还被熊给吓得四处逃窜，甚至因为吃了杜鹃花、美国石楠和碱等一系列有毒的食物之后，居然每一只的下落都能完全得以解释。羊群赶上山的时候是 2500 只又瘦又弱的羊，而回到家中虽然只剩下了 2475 只，但只只都肥肥壮壮。大致的损失是，熊吃掉了 10 只，响尾蛇吓死了 1 只，还有在砾石山坡上摔断了腿而杀掉 1 只，盲目逃走的和羊群走散的 1 只，总的算起来一共有 13 只。还有其他的 12 只，其中 9 只已经变成了营地羊肉填报了我们的肚子，剩下的 3 只则是卖给了牧场主。

我的第一次内华达山区的旅程告一段落了，它叫我永生难忘。此行我翻越过了上帝创造的最为明亮夺目、最华美的"光之山脉"，在它的光环的宠爱下我无比的欢欣鼓舞！从此后我要怀抱着如此浓烈的感激之情，祈祷再一次与之相见。